雪候鸟

李汉荣 著

万物皆有欢喜时

李汉荣散文精选集

华中科技大学出版社
http://press.hust.edu.cn
中国·武汉

图书在版编目(CIP)数据

万物皆有欢喜时：李汉荣散文精选集 / 李汉荣著. —武汉：华中科技大学出版社，2021.6（2025.6重印）
（雪候鸟）
ISBN 978-7-5680-7008-9

Ⅰ.①万… Ⅱ.①李… Ⅲ.①散文集－中国－当代 Ⅳ.①I267

中国版本图书馆CIP数据核字（2021）第056570号

万物皆有欢喜时——李汉荣散文精选集   李汉荣 著
Wanwu Jie You Huanxi Shi——Li Hanrong Sanwen Jingxuan Ji

策划编辑：娄志敏
责任编辑：章　红
封面设计：三形三色
责任监印：朱　玢

出版发行：华中科技大学出版社（中国·武汉） 电话：（027）81321913
     武汉市东湖新技术开发区华工科技园 邮编：430223
印　　刷：湖北新华印务有限公司
开　　本：880mm×1230mm　1/32
印　　张：8
字　　数：157千字
版　　次：2025年6月第1版第11次印刷
定　　价：35.00元

本书若有印装质量问题，请向出版社营销中心调换
全国免费服务热线：400-6679-118　竭诚为您服务
版权所有　侵权必究

代序 对孩子说

　　你必须吃很多粮食、蔬菜、水果,饮很多水和奶,才能渐渐让自己的身高和体重增长。记住,是土地供给你营养让你渐渐高出土地,你不要忘了随时低下头来,甚至要全身心匍匐在地面上,看看土地的面容和伤痕。为了你站起来,土地一直谦卑地匍匐着,在伟大的土地面前,你一定要学会谦卑。

　　为了生长,你不得不多吃一些东西,这就不得不请求别的生命的帮助,这就难以避免地伤害了它们。憨厚的猪、忠实的牛、活泼的鱼、诚恳的鸡……都帮助了你的生长,多少牺牲构成了生命的庙宇。看似理所当然的过程,实际却充满着疼痛和伤害。为此,感恩和忏悔,应该成为你一生的功课,这样或许沉重了些,但沉重之后,你将获得真正的美德。

　　你将吃很多的盐,然后渐渐汇成内心的深海,并体会那种咸的感情。

你将翻过许多山,很可能你找不到通向峰顶的路径,那么继续攀登吧,许多迂回重复的路,使你的记忆弯曲并有了深度;而当你终于到达一座山顶,你会看到更远处那积雪的山峰,于是你知道,你必须不停地出发。生命就是不停地开始,只有过程,没有终点。

你必须经历很多个夜晚,为此,你应该多准备一些灯盏。学会把灯高高地举起,不仅照亮自己的夜晚,也为远处的另一位夜行者提示路的存在。

永远向高处、向远处敞开胸怀,你将获得辽阔的胸怀和源源不竭的激情。

但是孩子,你必须有时把目光从高处收回,看看低处。学会尊重和热爱低处吧,热爱低处的人,热爱低处的劳动,热爱低处的水域,化作一滴水汇入低处吧。最低处的海,最低处的水,养活着这个世界。

当然,孩子,我仍然没有说清楚什么,真理的金子隐藏在黑夜的泥沙里。为此,你必须走向你的河流,深入你的波涛,淘洗和寻觅吧,当整整一条河流都从你的手指间漫过,或许你会发现一些闪光的颗粒。

即使注定不会有什么发现,你也必须走向河流,与它一同发源,一同奔流,一同历险,一同化入苍茫。

孩子,向自己的河流走去吧……

目录
Contents

第一辑 | 我的父亲母亲

我看见天空上，永不会失传的云朵和月光。我看见水里的鱼游过来，水仙欲开未开。我隐隐触到了外婆的手，那永不失传的手上的温度。

- 002 — 竹叶茶
- 005 — 外婆的手纹
- 009 — 柳木拐杖
- 011 — 寂寞的稻草人
- 014 — 替母亲梳头
- 016 — 替母亲穿针
- 018 — 父亲的鞋子
- 021 — 那一串血的殷红
- 024 — 母亲的眼睛
- 028 — 父亲的东篱
- 032 — 葫芦架下的母亲

第二辑 | 远去的乡村和童年

鸡鸣、炊烟、荷塘、稻香、小院桃花、梁上燕窝、绕村而过的溪流、稻草垛里的迷藏……世世代代，村庄给了人们刻骨铭心的乡风、乡俗、乡恋、乡情、乡愁。

036 — 远去的乡村

039 — 乡村炊烟

045 — 远去的田园

047 — 想念小村

051 — 一个古老村庄消失的前夜

059 — 老屋

062 — 故乡的稻草

065 — 水磨坊

068 — 城市鸡鸣

第二辑 | 草木有本心

与植物待在一起，人会变得诚实、善良、温柔并懂得知恩必报。世上没有虚伪的植物，没有邪恶的植物，没有懒惰的植物。

074 — 与植物相处

078 — 植物传奇

085 — 少年的松林

087 — 核桃树

091 — 房前屋后药草香

094 — 苔藓

098 — 品茶

101 — 田埂上的野花芳草

104 — 一株野百合开了

108 — 树木的美感

110 — 芦苇，激动人心的大美

第四辑 | 万物有灵且美

整个天空都在牛背上起伏，星星越来越稠密。牛驮着我行走在山的波浪里，又像飘浮在高高的星空里。

116 —— 燕子筑窝

119 —— 小白

122 —— 放牛

127 —— 牛的写意

130 —— 鸟

132 —— 喜鹊

134 —— 鸟是懂得美感的

138 —— 水边，那只白鹤

143 —— 为蚂蚁让路

146 —— 悼念一只鸡

149 —— 对一只蝴蝶的关怀

第五辑 | 山川寂静，河流无声

就让我做一会儿溪水吧，让我从林子里流过，绕花穿树、跳涧越石，内心清澈成一面镜子，经历相遇的一切，心仪而不占有，欣赏然后交出。

154 — 父亲的露珠

159 — 瀑

163 — 夜晚的河流

166 — 沿河流行走

171 — 林中溪水

174 — 山中访友

177 — 缓慢流淌的河

181 — 雪界

184 — 夜走巴山

188 — 我把幽谷还给幽谷

191 — 野地

194 — 月光下的探访

197 — 在虹的里面

第六辑 | 心中的月亮袅袅升起

人生最大的欣慰和快乐，来自心灵的感动，当我们向万物敞开怀抱的时刻，当我们与美好的人、美好的事物相遇并投去深情凝视的时刻，我们感到欣悦和幸福。

202 —— 善良的人才拥有心灵的花园

205 —— 目光

213 —— 夜

217 —— 诗意和美感的源泉

221 —— 今夜的泪水

225 —— 呼吸伟大的气息

228 —— 水边的孔子

231 —— 我们为什么活着

235 —— 心说

239 —— 生命中柔软的部分

242 —— 后记　多识草木鸟兽之名

第一辑

我的父亲母亲

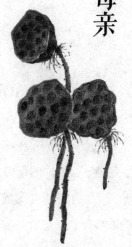

我看见天空上，
永不会失传的云朵和月光。
我看见水里的鱼游过来，
水仙欲开未开。
我隐触到了外婆的手，
那永不失传的手上的温度。

竹叶茶

夏天，母亲采回青嫩的竹叶，放在开水里煎一小会儿，就成了一锅清香、碧绿的竹叶茶。

母亲说，有病治病，无病防病，喝了这竹叶茶，再注意一点儿卫生，病就不会找你的麻烦。

母亲说，竹子是虚心的植物，喝了这竹叶茶，竹子的心性就进入了你的身体。学那竹子吧，虚心才长得高，虚心才通地气达天理，虚心，才会发出悠扬的箫声和清越的笛声。

母亲说，竹子是正直的植物，根深深扎在地下，主干垂直地向天空攀缘。大地有引力，天空也有引力，只服从大地的引力就长成了苔藓和杂草，既服从大地的引力又应和天空的引力，才长成这刚正伟岸的竹子。

母亲说，竹子是耐心的植物，它的路很陡，它走得很累，走几步就歇一会儿，就打一个记号，你看那些竹节，都是竹子在远行的路上打下的记号。

其实母亲没有说这么多话。母亲煎好了竹叶茶，只说了一句：孩子们，喝碗竹叶茶吧，可好喝呢。

母亲的话淡淡的，就像那淡淡的竹叶茶。

但是我总觉得母亲是有很多话要说的，她把很多话都融进竹叶茶里了。

或者母亲根本就没有话可说。她觉得生活是淡淡的，竹叶茶是淡淡的，人活着本身就是一件淡淡的事情。

或者母亲确实有话要说，只是找不到适当的语言，在淡淡的竹叶茶之外，在淡淡的生活里，母亲，一定还有一些浓浓的心事。

前面那几段话，是我为母亲拟的，也许是我希望听到的。孩提时代，人总是希望听到温暖的话，有趣的话，有益的话，聪明的孩子，还希望听到有诗意、有哲理的话。

前面那几段话，就是我为母亲拟的充满文化味儿的话。潜意识中，我是否希望我的母亲是一个饱读诗书的"贵夫人"？

但是我的母亲没有那么多的文化，也没有告诉我们什么哲理。

我的母亲只会在夏天来临的时候，默默地、安详地为我们煎一锅竹叶茶，然后淡淡地说：孩子，喝碗竹叶茶吧，可好喝呢。

前面那几段话，不像是我母亲说的，也不是我母亲说的。那是只要识字的人谁都可以在书本里抄录到的现成话。

又一个酷热的夏天来了。

我多么渴望回到故乡,回到母亲的身边,回到清风飒飒的竹林,捧起一碗清香的竹叶茶。我多么渴望听到母亲那句淡淡的话:孩子,喝竹叶茶吧,可好喝呢。

外婆的手纹

外婆的针线活做得好,周围的人们都说:她的手艺好。

外婆做的衣服不仅合身,而且好看。好看,就是有美感,有艺术性,不过,乡里人不这样说,只说好看。好看,好像是简单的说法,其实要得到这个评价,是很不容易的。

外婆说,人在找一件合适的衣服,衣服也在找那个合适的人,找到了,人满意,衣服也满意,人好看,衣服也好看。

她认为,一匹布要变成一件好衣裳,如同一个人要变成一个好人,都要下点功夫。无论做衣或做人,心里都要有一个"样式",才能做好。

外婆做衣服是那么细致耐心,从量到裁到缝,她好像都在用心体会布的心情,一块布要变成一件衣服,它的心情肯定也是激动而充满着期待,或许还有几分胆怯和恐惧:要是变得不伦不类,甚至很丑陋,布的名誉和尊严就毁了,那时,布也许是很伤心的。

　　记忆中，每次缝衣，外婆都要先洗手，把自己的衣服穿得整整齐齐，身子也尽量坐得端正。外婆总是坐在光线敞亮的地方做针线活。她特别喜欢坐在院场里，在高高的天空下面做小小的衣服，外婆的神情显得朴素、虔诚，而且有几分庄严。

　　在我的童年，穿新衣是盛大的节日，只有在春节、生日的时候，才有可能穿一件新衣。旧衣服、补丁衣服是我们日常的服装。我们穿着打满补丁的衣服也不感到委屈，这一方面是因为人们都过着打补丁的日子，另一方面，是因为外婆在为我们补衣的时候，精心搭配着每一个补丁的颜色和形状，她把补丁衣服做成了好看的艺术品。

　　现在回想起来，在那些打满补丁的岁月里，外婆依然坚持着她朴素的美学，她以她心目中的"样式"缝补着生活。

　　除了缝大件衣服，外婆还会绣花，鞋垫、枕套、被面、床单、围裙，都有外婆绣的各种图案。

　　外婆的"艺术灵感"来自她的内心，也来自大自然。燕子和各种鸟儿飞过头顶，它们的叫声和影子落在外婆的心上和手上，外婆就顺手用针线把它们临摹下来。外婆常常凝视着天空的云朵出神，她手中的针线一动不动，布，安静地在一旁等待着。忽然会有一声鸟叫或别的什么声音，外婆如梦初醒般地把目光从云端收回，细针密线地绣啊绣啊，要不了一会儿，天上的图案就重现在她的手中。读过中学的舅舅说，外婆的手艺是从天上学来的。

那年秋天，我上小学，外婆送给我的礼物是一双鞋垫和一个枕套。鞋垫上绣着一汪泉水，泉边生着一丛水仙，泉水里游着两条鱼儿。我说，外婆，我的脚泡在水里，会冻坏的。外婆说，孩子，泉水冬暖夏凉，冬天，你就想着脚底下有温水流淌，夏天呢，有清凉在脚底下护着你。你走到哪里，鱼就陪你走到哪里，有鱼的地方你就不会口渴。

枕套上绣着月宫，桂花树下，蹲着一只兔子，它在月宫里，在云端，望着人间，望着我，到夜晚，它就守着我的梦境。

外婆用细针密线把天上人间的好东西都收拢来，贴紧我的身体。贴紧我身体的，是外婆密密的手纹，是她密密的心情。

直到今天，我还保存着我童年时的一双鞋垫。那是我的私人文物。我保存着它们，保存着外婆的手纹。遗憾的是，由于时间已经过去三十年之久，它们已经变得破旧，真如文物那样脆弱易碎。只是那泉水依旧荡漾着，贴近它，似乎能听见隐隐水声，两条小鱼仍然没有长大，一直游在岁月的深处，几丛欲开未开的水仙，仍是欲开未开，就那样停在外婆的呼吸里，外婆，就这样把一种花保存在季节之外。

我让妻子学着用针线把它们临摹下来，仿做几双，一双留下作为家庭文物，其他的让女儿用。可是我的妻子从来没用过针线，而且家里多年来就没有了针线。妻子说，商店里多的是鞋垫，电脑画图也很好看。现在，谁还动手做这种活。这早已是过时的手艺了。女儿在一旁附和：早已过时了。

我买回针线，我要亲手"复制"我们的文物。我把图案临摹在布上。然后，我一针一线地绣起来。我静下来，沉入外婆可能有的那种心境。或许是孤寂和悲苦的，在孤寂和悲苦中，沉淀出一种仁慈、安详和宁静。

我一针一线临摹着外婆的手纹、外婆的心境。泉，淙淙地涌出来。鱼，轻轻地游过来。水仙，欲开未开着，含着永远的期待。我的手纹，努力接近和重叠着外婆的手纹。她冰凉的手从远方伸过来，接通了我手上的温度。注定要失传吗？这手艺，这手纹。

我看见天空上，永不会失传的云朵和月光。

我看见水里的鱼游过来，水仙欲开未开。

我隐隐触到了外婆的手，那永不失传的手上的温度。

柳木拐杖

　　爷爷拄着一根柳木拐杖，去河那边走亲戚。走到半途，在原野的尽头，爷爷撒了一泡尿。爷爷提起裤子继续赶路。忽然感到手里缺了一样东西，路似乎也高低不平了。爷爷才记起在撒尿的时候，他顺手把那根柳木拐杖插在地上，忘记了，于是手就这么空着，路就难走起来。

　　爷爷在亲戚家住了十天。临走时，亲戚给他一根柳木拐杖，并且叮咛说：再不能把它丢了，无论撒尿、歇息，都要记着它，你手里有一根柳木拐杖。

　　爷爷走原路返回。在原野的边缘，他看见了他丢失的那根柳木拐杖，它已扎了根，长出细细的柳芽。

　　爷爷拄着亲戚送给他的柳木拐杖走回家。回到家，柳木拐杖已被太阳烤干，爷爷用它烧火做饭。

　　原野尽头的那根柳木拐杖，很快长成一棵大柳树，成为过路人乘凉的地方。树上的鸟儿叽叽喳喳，生儿育女，成就了一方乐土。

爷爷对我说：孩子，手里如果有多余的东西，比如一捧种子或一根柳木拐杖，能扔下就要舍得扔下，不要自己吃完用尽，留一些在路途上吧，说不定，它们会长出一片风景。

爷爷还说：不要害怕自己丢点东西。自己受些损失，天地会因此得到好处。天地好了，你还会不好吗？柳木拐杖长成柳树了，鸟还愁没家吗？夏天还会愁没有绿荫吗？

爷爷送我一根柳木拐杖，叮咛说：孩子，一路走好。

在城市，我不敢拄这根柳木拐杖，人家会笑话我土气，嫌我影响交通；如果我不小心将它丢失在大街上，不仅它不会在水泥地板上长出绿叶，我还会因此而被罚款。

城市呀，水泥呀，工业呀，技术呀，电脑呀，网络呀，市场呀，爷爷给我的这根柳木拐杖果真就没有价值了？果真就没有长成一棵柳树的希望了？除了垃圾，我再也不能给这个世界留下别的东西了？

我很快回到故乡，我把这根柳木拐杖插在爷爷的坟上。它会长成一棵柳树。等我老了，我就离开城市返回故土，从这棵柳树上折一根枝丫做我的拐杖。

我会像爷爷那样，拄着拐杖在大地上走来走去，如果不小心丢失了它，没关系，它会被土地保存起来，长成一棵大柳树。

柳树的绿荫，是我留给大地的身影……

寂寞的稻草人

播种时节和谷豆熟了的日子，田地里就会站起一些稻草人，他们大都头上戴一顶旧草帽，身上穿着破烂衣服，有的扬起手臂，仿佛正在用力抛掷什么物件；有的手举竹竿，正向可疑的目标用力挥去，却迟迟没有挥下去。

天气有时热有时并不热，太阳有时并不出来，他们却都要戴着那顶旧草帽，夜晚也不摘下来，难道怕月亮和星星晒黑了自己？这倒不是。主要是怕大白天那馋嘴的鸟儿们，如麻雀呀，斑鸠呀，喜鹊呀，看清了他们的真面目，说："哼，想吓唬我们，连眼睛耳朵鼻子都没长全，还不如我们耳聪目明能跑能飞。哼，把我们当傻子瞎子，你才是傻子瞎子呢。"说着，就认定这熟了的庄稼也有自己一份，就吃起来了，吃饱了，翅膀一扇，还跳上那"傻子"的肩上，叽叽喳喳，取笑他们一番。

我家地里的稻草人，与别人家地里的稻草人一样，总是穿着父亲穿过的破旧衣服,戴着一顶破草帽,不论白天黑夜风吹日晒,都寂寞地站在田头,守护着我们的庄稼和日子。

我们的父亲勤劳、清贫,他们很善良,有着柔软的心肠。他们不忍心让忙里忙外、缝衣纳鞋的妻子,再穿着旧衣服、戴顶破草帽,以稻草人的形象,站在田野里受日晒雨淋,受鸟儿嬉笑。他们更不忍心让自己的孩子以稻草人的样子去开始生活,他们不让孩子在烈日下暴晒童年。所以,那时,在我的家乡,田野里站着的稻草人,几乎都是男人的形象,都是父亲的形象。我们的父亲,坚决地做了稻草人的原型。

被父亲们守护的田野,有着丰富的氛围和意境。他们破旧的衣服和草帽,让人感到一种辛苦和清贫;他们的坚持、忠厚和习以为常,却让人感到温暖和安宁。

有一次,走在放学回家的路上,我忽然看见田地里同时出现真人和稻草人,都像是我的父亲。一个父亲正在坡地上弯着腰为豆子除草,那是真的父亲,我看见他在豆子地里起伏和移动着的身影。另外还有三个父亲,他们都戴着一顶破草帽,穿着父亲的破旧衣服,一个站在稻田东边,一个站在稻田中间,一个站在稻田西头,他们手里都举着竹竿做着赶鸟的动作。

我幼稚的心里,竟忽然涌起一股辛酸。我寂寞的父亲,劳苦的父亲啊。恍惚间,我感觉满田野都是我寂寞的父亲,都是我劳苦的父亲,满田野都是我穿着破旧衣服的父亲。

不知不觉间,我的眼睛湿了。我不忍心我的父亲是这个样子。我的父亲，即使化身为三，即使化身无数，难道都是这劳苦寂寞的样子吗？我流着眼泪，走到三个稻草人——三个父亲面前，向他们一一鞠躬，并轻声问候：辛苦了，爹爹。

忘不了，田野里的稻草人，我们的父亲，我们辛劳的父亲，穿着一身旧衣服的父亲，戴着旧草帽的父亲，被寒风吹彻被烈日暴晒的父亲，越走越远的，我们农业的父亲，我们寂寞的父亲。

每当看见头顶飞来飞去的鸟儿，我都忍不住想问它们一声，你们，还记得那些稻草人吗？还记得我们的父亲吗？那些手总是举着，却从来没有向你们抛掷过厉害物件的、那些田野里站立着的父亲，你们还记得他们吗？

替母亲梳头

替母亲梳头的时候,是我最认真的时候,比读名著、比祈祷、比写诗还要专注和激动。

说不清是幸福还是伤感。一种混合的感觉,复杂又深沉。不只是幸福,是充满了伤感的幸福;不只是伤感,是饱含着幸福的伤感。

想一想我这颗头颅的经历吧。是母亲忍着剧痛让它最先降生于黎明的血光,是母亲第一次为我洗头,是母亲看着我的头发像青草一样一根根长出来,是母亲第一次为我设计发型。我这一头的黑发,是母亲精心照料的一片庄稼。

母亲打扮了我多年,终于有了我打扮母亲的机会,终于能从高处俯瞰母亲了,终于能抚摸母亲那风雨漂洗了几十年的头发。这是做儿子的幸福,我又能像儿时那样亲近母亲了。

但是,母亲哪,纵然我有再高深的美学,我怎能把你打扮成一个美丽的小姑娘呢？我确信，你年轻时候是很美丽的。但那时候我不认识你。那时候，我也许是溪水，抢拍过你匆匆投下的倒影；那时候我也许是轻风，摇曳过你害羞的辫梢。

梳子变得沉重起来，推不动这岁月的积雪。雪山在远方，不，雪山在我身边，我是个渺小的登山队员，母亲是高高的雪山。曾经，我在远处欣赏雪山的崇高和静穆，当我来到山顶，才发现生命的峰巅，海拔最高的地方，积压着亘古的严寒。

毕竟我还是幸福的。我为母亲梳头。我在雪山顶上流连。归鸟在天边，领略落日的宁静；我在母亲温柔的呼吸里，感受生命的庄严……

替母亲穿针

一根长长的线用完了,母亲细心绾一个结。这是驿站上的小憩,线的目的地还很远,线还要继续赶路,一直走到袖口、领口,走通衣裳的每一条道路。

又要换一根线了。这时候,如果正逢黄昏,视力不好的母亲就会喊我们或邻居家的孩子,替她往针眼里引线。记不清替母亲引过多少次线,但那种感觉我记得很清楚。往针眼里引线的时候,那长长的线也引进了我的心眼里。

垂直地举起针,对准光线,眯起眼睛,凝视针眼,轻轻地呼吸,集中起体内的全部注意力,另一只手小心翼翼地举起线,拿针的手和拿线的手都不要颤抖。针眼太小了,用目光反复打凿。好!目光顺利地通过去了,线紧跟着目光也顺利地通过去了!一次爱的凯旋!针和线拥抱在一起,爱和爱拥抱在一起,然后它们结伴而行,跟随母亲的目光赶路去了。

那一刻，世界是那样单纯和率真，没有天堂没有地狱没有灾难没有风暴，只有一个小小的针眼！

那一刻我忽然发现：母亲的眼睛是世上最美丽的眼睛，从一孔小小的针眼里她也许不会看见更为伟大的事物，但她绝对从细微处发现了那些被惯于仰视的眼睛一再忽略的细小而微妙的美丽。

那一刻我忽然明白：母亲缝的衣裳为什么格外温暖，针针线线都有她的目光和手温，每一个针脚都藏着她温柔的心跳。

那一刻启蒙了我的美学：天地固然很大，但肯定也是一针一线织成的，众多琐碎的事物织成了宇宙的大美；针眼固然很小，但它凝聚了散漫游移的眼神，透过这秘密隧道，你会看见事物的纹理和深邃本质，以及万物的灵魂。

那一刻我看见了遥远：世世代代的母亲不就是这样缝缝补补，编织了历史的经经纬纬？呀，透过小小针眼，我看见无数母亲们的眼睛，我看见她们手中的线，依旧在补缀着漫长的岁月和思念。

那一刻我懂得了：在夕阳下，替母亲穿针引线的孩子，都会有细腻的内心和善良的情感，他的眼睛不会变得浑浊和冷漠，一缕细小而纯真的光线，已永远织进了他的目光里……

父亲的鞋子

那年,记得是深秋,父亲搭车进城来看我们,带来了田里新收的大米和一袋面条。"没上农药化肥,专门留了二分地给自己种的,只用农家肥,无污染,保证绿色环保有机,让孙女吃些,好长身体。"父亲放下粮袋,笑着说。我掂量了一下,大米有五十多斤,面条有三十多斤。鼓鼓囊囊两大麻袋,不知他老人家一路怎么颠簸过来的。老家到这个城市有近一百里路,父亲也是快八十岁的老人了。看着父亲一头的白发和驼下去的脊背,我没有说什么,心里一阵阵温热和酸楚。父亲看着我们刚刚入住的新房,墙壁雪白,地板光洁,说,这辈子当你的爹,我不及格,没有为你们垫个家底,你们家里,连一块砖我都没有为你们添过,也没有操一点心,也没帮过一分钱,我真的不好意思。只要你们安然、安分,我就心宽了。我不住地说,爹你老人家还说这话,我们长这么大就是你的恩情,你身体不错好好活着就是我们的福分，别的，你就别多想了。

父亲忽然记起了什么，说，嘿，你看，人老了忘性大，鞋子里有东西老是硌脚。昨天黄昏在后山坡地里搬苞谷，又到林子里为你受凉的老娘扯了一把柴胡和麦冬，树叶啦，沙土啦，鞋子都快给灌满了，当时没抖干净，衣服上头发上粘了些野絮草籽，也没来得及理个发，换身像样的衣服，就这么急慌慌来了。走，孙女儿，带我下楼抖抖鞋子，帮我拍拍衣服上的尘土。我说，就在屋里抖一下，怕啥，何必下楼。父亲执意下楼，说新屋子要爱惜，不要弄脏了。

楼下靠墙的地方，有一小片长方形空地，还没有被水泥封死。父亲就在空地边，坐在我从楼上拿下来的小凳子上，脱了鞋子仔细抖，又低下身子让孙女儿拍了衣服，清理了头发。上楼来，我帮父亲用梳子梳了头发，这是我唯一的一次为他梳头。我看清了这满头的白发，真有点触目惊心，但我又怎能看清，白发后面积压了多少岁月的风霜？

第二年春天，楼下那片空地上，长出了院子里往年没有见过的东西，车前子、野茅草、薏草、野薄荷、柴胡、灯芯草、野蕨秧、野刺玫，在楼房转角的西侧，还长出一苗野百合。

大家都感到惊奇，有个上中学的孩子开玩笑说，这不就是一个百草园吗？大家都说，新鲜，真新鲜。也有人说这个院子向阳，有空地就不愁不长苗苗草草。议论一阵也就不再管这事了。只有我明白这些花草的来历。它们来自父亲，来自父亲的头发、衣服和鞋子，来自父亲的山野。

是的，父亲也许没有带给我们什么财富、权力和任何世俗的尊荣。清贫的父亲唯一拥有的就是他的清贫。清贫，这是父亲的命运，也是他的美德。

但是，比起他的没有留下什么，父亲更没有带走什么，连一片草叶、一片云絮都没有带走。他没有带走的一切，就是他留下的。连我对他的感念和心疼，他也没有带走，全都留在了我的心里。这么说来，我的所谓的感念和心疼，说到底还是我从父亲那里收获的一份感情，直到他不在了，我仍然在他那里持续收获着这种感情。而他依然一无所有地在另一个世界孤独远行。

是的，他没有带走的一切，就是他留下的。我看着大地上的一切，全是一代代清贫的父亲们留给我们的啊。

何况，我的父亲，曾经，他把他的山野、他的草木、他的气息都留给了我们。

他清贫的生命，又是那般丰盛和富有，超过一切帝王和富翁。在他的衣服上拍一下，鞋子里抖一下，就抖出一片春天。

那么，我们这些自以为是地活着的人们，又能给世界留下什么呢？我们敢于践踏一切的鞋子里，除了欲望的钉子和冷酷的铁掌，还有别的可以发芽开花的种子吗？

父亲越去越远，越去越远，他留下的草木，永世芳香。

那一串血的殷红

想起小时候的事情。

那天，我病了，受凉，发高烧，半死样躺在被窝里，胡话不断，尽是被鬼死死捏住似的可怕发音。

夜深了，医院又远，救儿要紧，母亲急忙摸黑跑到河边采来柴胡、麦冬、车前子，放上生姜，熬了浓浓的草药姜汤让我喝。捂上三床棉被，出了几身透汗，只觉得身体里面洪水滔滔，要把多余的东西冲走。

天亮时，我从汗津津的被窝里出来，看窗外天那么蓝，不像以前的天，是新造的天吗？于是欣喜极了，模仿梁上燕子数了一串"一二三四五六七"，跑到门外院子晾晒的青草上连打了三个滚，对着换了一身蓝衣衫的老天高喊：我好了，我好了。

母亲用老母鸡刚下的蛋做了一碗蛋汤，加了葱花，好香，我几口就喝完了。

撂下碗，就叫了云娃、喜娃，去到河边奔跑、钻柳林、捉迷藏，看对岸柏林寺的和尚在河边放生。

忽然，在一丛荆棘下面，我看见一些血迹，点点滴滴，断续洒到河边，在半截浸入河水的一块青石上也有血痕。

而荆棘丛下，被采摘的柴胡和被挖掘的麦冬，似乎向我提醒着什么。

我知道了，这是母亲昨夜为我采救命药的地方。

那双手，在这里流了多少血？母亲当时可能并不知道自己流血了，只觉得手上有热流，有点黏糊，猜想可能是血，就到河边冲洗了。

她不能让这双染血的手，使受惊的夜晚再受惊。

我想当时的河水里，漂过一缕又一缕的血红，河的温度也微微升高了，那血红和微温持续了许久，然后散了。河，很快恢复了什么事情也没有发生的样子。

母亲也一样，很快恢复了什么事情也没有发生的样子。

家乡的那条小河，在一条著名的江的上游，那条河，那条江，在流过《诗经》的时候，就被上古的女儿和母亲，用采菊的手、采莲的手、采芣苢（fúyǐ，即车前子）的手和洗衣的手，一次次掬起、暖热，肯定也有许多泪水滴入水中。

现在才知道，也有血滴入水中。流过万古千秋的江河里，藏了多少血的殷红。

我无论走过哪条河，无论到了哪个河湾，看见了殷红、淡红或鲜红的花,或枫叶,我总是想起母亲,想起那浸血的手。

这些河边的花木,一直在收藏着什么,代替我们千年万载地忆想着。

母亲的眼睛

在农家小院的正中,在光线最集中的地方,我的母亲端坐着,为我们做鞋、做枕头、缝补衣裳,在书包上绣花。此时,宇宙那明亮仁慈的光线,从几光年之外赶来,投在这个小小的院子里,灌注进母亲手里那小小的针眼。每一个针脚里,每一个图案上,都注满村庄正午的温情和深蓝。

看着沐浴在天光里的母亲,看着跟随母亲的目光穿梭在生活经纬里的小小针线,我终于明白:我们贴身的衣服里和书包上,织进去的不只是母亲细密的眼神,还有来自几光年之外上苍的眼神。

我不必用光年之类貌似深奥的科学知识为难母亲。其实,母亲交织着期待和忧郁的目光,一次次投向屋顶之上祖先的苍穹,正以她所不理解的光速,穿越尘世飞抵遥远的星河。我的母亲没有什么值得示人的学问,而破译她深沉忧郁的目光的,却是另一个星球拥有高深学问的科学家、哲学家、文学家和心理学家。

母亲八十多岁的眼睛，还保持着少女的清澈和纯真。而世间不少的人，涉世稍深或略有阅历，目光就少了清纯，蒙上了或世故或势利或狡黠的尘灰。莫非，母亲有什么特殊的"养眼"之法？我想了解其中的缘由。

那年，我回老家养病。我每天都在故乡的原野上走来走去，在清晨，在黄昏，在百万千万颗露珠的照拂里，在百万千万片绿叶的叮咛里，我的心里，我的眼睛里，哪怕藏匿得很深很隐蔽的细小杂念和灰尘，都被一一洗净。我身体里的病，也渐渐离我远去。我身如菩提树，心如明镜台，无尘无垢，无嗔无痴，甚至有一点吐气如兰的意思了，连梦都是清洁的。这让我体会到：一个人若保持身体的洁净、心灵的洁净、眼睛的洁净，保持每一个意识和念想的仁慈与洁净，那么，他将会从生命里领受到怎样单纯而又无比丰富的诗意！

我在故乡的怀里、在母亲身边养病，病，大约不好意思待在我逐渐变得干净、健康的身体里，我的身体里，没有了毒素，也没有了病魔赖以存活的养料。病，知趣地走了，我养好了身体，也养好了心。那次乡村静养，等于让我对乡村母亲的心灵养成做了一次田野调查。

那么，母亲何以有那样洁净无尘的心，何以有那样洁净无尘的眼睛？我想，清晨或黄昏，原野上那无数颗透明的露珠，已经给出了一部分答案。我的母亲，她是用一生的时间，念念在兹于心灵的善良、纯洁和真诚；她是用一生的田野劳作和行走，与无数颗露珠——与无数颗清澈的天地之眼，交换着心灵的语言，交换着眼神。就这样，上苍把最好的露珠，交给母亲保管，露珠一直滋养和化育着母亲的心，也明净了她的瞳仁。

一个人若很少在露珠（包括具有露珠之透明品质的事物）面前停留，激赏、感动于那无邪的纯真，并反观、反省自己内心的不洁和阴影，同时让自己被尘世污染的身体和心灵，接受其消毒、清洗和映照，那么，他的内心和眼神，就少了某种天赐的清澈。一个人若很少将目光投向苍穹的星辰，却总是沉沦于欲望，锁定于功利，那么，他的心域必窄狭，眼神定然少了某种悠远和深沉。

我的母亲，低头与露珠交换眼神，抬头与星辰交换眼神，俯仰之间，她都在吐纳天地精神。她识字不多却有天趣，因为她心存天真；她阅历不多却胸襟宽阔，因为她到过天庭。宽厚的原野和澄明的天穹，就是我母亲的心灵老师。

一个好朋友曾对我说："你注意到了吗？你妈妈的眼睛特别清澈，八十多岁了，还像少女的眼睛那么纯洁和深情。"他的父母去世较早，于是把我的母亲当自己的母亲对待。我的母亲是在86岁那年去世的。好朋友写了一篇短文，标题是"想念母亲的眼睛"，痛惜一位慈祥的母亲走了，人间少了一双清澈的眼睛。

眼睛是心灵的窗户，眼睛里荡漾的是内心的光亮和情感的波澜，是一个人心灵世界的折射。想念一双眼睛，其实是想念一种纯洁的感情，缅怀一种干净的人生。

父亲的东篱

说起来,我也算是个诗人,性情质朴、诚恳、淡远。古国诗史三千年,我最喜欢陶渊明。南山啊,东篱啊,菊花啊,田园啊,归去来啊,桑树颠啊,这些滴着露水粘着云絮的词儿,在我心里和笔下,都是关键词和常用意象。

可是,翻检我自己,自从离开老家,进了城,几十年来,我没有种过一苗菜,没有抚摸过一窝庄稼,没有刨过一颗土豆,连一根葱都没有亲手养过。几十年了,没有一只鸟认识我,没有一片白云与我交换过名片,没有一只青蛙与我交流过对水田和稻花香的感受,没有一只蝈蝈向我传授民谣的唱法。那些民谣都失传了,只在更深的深山里,有几只蛐蛐,丢三落四哼着残剩的几首小调。

其实,不说别的,就说我的鞋子吧,我的鞋子,它见过什么呢?见过水泥、轮胎、塑料、污水、玻璃、铁钉、痰迹、垃圾,见过无数的、大同小异的鞋子吧。

从这阅历贫乏的鞋子，就可以看出我们是多么贫乏，就可以看出我们离土地、离故乡、离田园，离得有多么远，我们离得太远太远了。

我一次次钻进《诗经》里，寻找公元前的露水和青草，绿化、净化和湿润一下我龟裂的心魂；有时就一头扎进唐朝的山水里，吸氧，顺便闻闻纯正的酒香，在李白们的月夜走上几个通宵，揣上满袖子清凉月光，从唐朝带回家里，在沉闷的办公室里，也放上一点清凉和皎洁，用以清火消毒，解闷提神，修身养性。

这些年，也许年龄渐长的原因，"拜访"陶渊明就成了我经常做的事，动不动就转身出走，去渊明兄那儿，在东篱下，深巷里，阡陌上，桑树颠，有时就在他的南山，靠着一块石头坐下，久久坐着，一直到白云漫过来漫过来，把我很深地藏起来，藏在时光之外。

我以为这就不错了，觉得也在以自己的微薄心智和诚恳情思，延续着古国的诗脉和诗心，延续着田园的意趣和意境，延续着怀乡恋土的永恒乡愁。

直到2001年初夏的一天，我才突然明白：我的以上孤芳自赏、不无优越感的做法和想法，只是我的自恋，带着几分小资情调和审美移情的自恋，这自恋被一厢情愿地放大了，放大成了竟然关乎诗史、文脉、乡愁的延续了。

为什么是在那天，我才突然明白这些呢？

那天下午，我回到老家李家营，立夏刚过，天朗气清，小风拂衣，温润暖和，我沿麦田里的阡陌，横横竖竖走了一阵，其实，若是直走，一会儿就到家，我想多走一会儿田埂，所以，横的、竖的阡陌我都走了个遍，横一下，竖一下，就在田野里写了好几个"正"字。因为我的父亲名叫正德。然后，我就到了家。

走进老屋院子，看见父亲正在维修菜园篱笆。他用竹条、青冈木条、杨柳树枝，对往年的篱笆进行仔细修补。菜园里种着莴笋、白菜、茄子、包菜、芹菜，一行行的葱和蒜苗，荠菜算是乡土野菜，零星地长在路坎地角，像是在正经话题里，顺便引用几句有情趣有哲理的民间谚语。指甲花、车前草、薄荷、麦冬、菊、扫帚秧等花草，也都笑盈盈站在或坐在篱笆附近，逗着一些蛾子、虫子、蝴蝶玩耍。喇叭花藤儿已经开始在篱笆上比画着选择合适位置，把自己的家当小心放稳，揣在怀里的乐器还没有亮出来，就等一场雨后，天一放晴，它们就开始吹奏。

"结庐在人境，而无车马喧。"我忽然想起陶渊明的诗句。但是，此刻，在这里，在人境，结庐的，不是别的哪位诗人，是我父亲，是我种庄稼的父亲，是我不识字、不读诗的父亲。但是，实实在在，我的不读诗的父亲，在这人境里，在菜园里，仔细编织着篱笆，编织着他的内心，编织着一个传统农人的温厚淳朴的感情。我的不读诗的父亲，他安静地在人境里，培植着他能感念也能让他感到心里安稳的朴素意境。

"采菊东篱下，悠然见南山。"当然，此时正值初夏，还不是采菊的时候,菊,连同别的花草和庄稼,都刚刚从春困中醒来不久,都刚刚被我父亲粗糙而温和的手,抚摸过和问候过,父亲还在它们的脚下轻轻松了土,培了土,以便它们随时踮起脚,在农历的雨水里呼喊和奔跑。而当到了删繁就简的秋天,夏季闷热的雾散去,头顶的大雁捎来凉意,我的父亲也会在篱笆边,坐在他自己亲手做的竹凳上,面对村子边漾河岸上的柳林,向南望去。他会看见一列列穿戴整齐的青山,正朝他走来,那是巴山,我们世世代代隔河而望的南山。

我突然明白了:我的不识字的父亲,正是他在维护陶渊明的"东篱"。

而我呢?

我读着山水之诗,其实是在缓解远离山水的郁闷,同时用山水之诗掩护我越来越远地远离山水。

我写着故园之词,其实是在填补失去故园的空虚,同时让故园之词陪着我越来越远地告别故园。

我吟着东篱之句,其实是在装饰没有东篱的残缺,同时让东篱之思伴着我越来越远地永失东篱。

于是,在那天下午,我无比真诚地感激和赞美了我的父亲。

是的,是的,我那不识字、不读诗的父亲,他不知道诗为何物,他不知道陶渊明是谁,但是,正是我的父亲,和像我的父亲一样的无数种庄稼的父亲们,正是他们,一代代的父亲们,延续和维护着陶渊明的"东篱",延续着古国的乡愁和诗史……

葫芦架下的母亲

初夏的早晨,我妈吃过饭,就在门前院子葫芦架下,坐在竹凳上为我们缝补衣服,哥哥的书包带子断了,我妈要给接上;我的裤子膝盖上磨了个小洞,我妈要给修补;爹的衬衣、姐姐的枕巾,妈自己的布鞋,都等着她去连缀,去重新出落得完好。

暖和的阳光洒在葫芦架上,嫩绿的叶子窸窸窣窣,嬉笑着伸开手掌互相抚摸,一高兴,它们手里捧了一夜的露珠,不小心洒了下来,有几颗刚好掉在我妈的脸上。我妈伸手抹了一下,放进口里,好甜的天露水吔,我妈叹了一声,又自言自语:天意呀,天降甘露,今天怕是个好日子哩。

我妈开始穿针走线了。葫芦叶子的影子,掉在妈的身上、手上,掉在针线篮里,掉在哥的书包上,掉在那些等待着的衣服上、裤子上、鞋子上、针线上,掉在妈的心思上。

我妈灵机一动,其实,也不是灵机一动,这在我妈已成习惯了，是仅属于我妈的秘密习惯——取来她的孩子们用的铅笔，将那从各个方向投影下来的葫芦叶子们画下来，就画在那接待影子的布上。若觉得掉在恰好的地方，好看，正合适点缀点什么，就依照那样式，略加放大或缩小，一针一线缝好绣好，她的艺术品就成了。瞧，此时，被我那顽皮的膝盖磨破的裤子上的窟窿，正被一片翠绿的胖叶子补丁覆盖了，那本来寒碜的补丁，却成了有趣的、摇曳着的一片初夏的叶子。

快到正午了，一片叶子的影子，定定地守在刚展开的姐姐的枕巾上，好像不愿走了。妈说：这是缘分和天意，咋不早不晚，偏偏就在这时，是这片叶子，来到丫头的枕巾上，怕是要为她送些吉祥好梦？我妈就把这安静清凉的叶子，挽留在姐姐的枕上，挽留在她青春的梦边。

我妈爱说缘分、天意，却很少说运气之类。可是我要说，我哥的运气比我好，你看，这时候轮到为他缝书包带了，一朵正在开着的葫芦花——它正在鼓足劲儿开花，那花瓣儿还没开圆哩，它把还没有开完的花影儿匆忙地投在哥的书包上。我妈看见了，花就在她的手边颤呢，花心里还噙着亮晶晶的露珠儿。妈抬起头，望了望绿莹莹的葫芦架和蓝莹莹的天，然后把目光停在手边的葫芦花上。妈微笑着，笑意、暖意和神秘的天意，满当当地漾在妈的脸上、心上。此时，她整个儿被一种比我们后来漫不经心挂在口上的所谓诗意呀、禅意呀等等更为圆融深挚的情感暖流和纯真欢喜给笼罩和充盈了，那是只有上苍能够给予的一种福气和喜气。

我妈就把那刚开的、花心里还噙着露珠的葫芦花,绣在我哥的书包上了。你说,我哥的运气多好?

我妈几乎不识字,仅认得一二三天地人山水田土木火上中下,总共就三十来个字,也没受过什么美学教育和艺术培训,但是,她有很纯正的美感,有她朴素的美学。我妈的美感和艺术灵感来自大自然,来自她劳作、生活的田野、山水、草木和花鸟,来自她对美的事物的直觉领悟。我家门前这菜园,这蓬勃着青藤绿叶黄花的葫芦架,就是我妈的美学课堂。就在此刻,在这个早晨,在葫芦架下,我妈凝神静气,感受着天意,进行着对大自然的模仿和美的创造……

第二辑 远去的乡村和童年

鸡鸣、炊烟、荷塘、小院桃花、梁上燕窝、绕村而过的溪流、稻草垛里的迷藏……世世代代，村庄给了人们刻骨铭心的乡风、乡俗、乡恋、乡情、乡愁。

远去的乡村

稻花香里说丰年，听取蛙声一片。你们只听见辛弃疾先生在宋朝这样说，我可是踏着蛙歌一路走过来的。我童年的摇篮，少说也被几百万只青蛙摇动过，我妈说，一到夏天我和你外婆就不摇你了，远远近近的青蛙们都卖力地晃悠你，它们的摇篮歌，比我和你外婆唱的还好听哩。听着听着，你咧起嘴傻笑着，就睡着了。

小时候刚学会走路，在泥土的田埂上摔了多少跤？我趴在地上，哭着，等大人来扶，却看见一些虫儿排着队赶来参观我，还有的趁热研究我掉在地上的眼泪的化学成分。我扑哧一笑，被它们逗乐了。我有那么好玩，值得它们研究吗？于是我静静地趴在地上研究它们。当我爬起来，我已经有了我最原始的昆虫学。原来摔跤，是我和土地举行的见面礼，那意思是说，你必须恭敬地贴紧地面，才能接受土地最好的生命启蒙。

现在，在钢筋水泥浇铸的日子里，你摔一跤试试，你跌得再惨，你把身子趴得再低，也绝然看不见任何可爱的生灵，唯一的收获是疼和骨折。

菜地里的葱一行一行的，排列得很整齐很好看。到了夜晚，它们就把月光排列成一行一行；到了早晨，它们就把露珠排列成一行一行；到了冬天，它们就把雪排列成一行一行。被那些爱写田园诗的秀才们看见了，就学着葱的做法，把文字排列成一行一行。后来，我那种地的父亲看见书上一行一行的字，问我：这写的是什么？为啥不连在一起写呢？多浪费纸啊？我说：这是诗，诗就是一行一行的。我父亲说：原来，你们在纸上学我种葱哩，一行一行的。

你听见过豆荚炸裂的声音吗？我多次听过，那是世上最饱满、最幸福、最美好的炸裂。所以，我从来不放什么鞭炮和礼花，那真有点儿虚张声势，一串疑似世界大战即将发生的剧烈爆响之后，除了丢下一地碎纸屑和垃圾等待打扫，别无他物，更无丝毫诗意。那么，我该怎样庆祝我觉得值得庆祝一下的时刻呢？我的秘密方法是：来到一个向阳的山坡，安静地面对一片为着灵魂的丰盈和喜悦而紧闭着天真嘴唇的大豆啦、绿豆啦、小豆啦、豌豆啦、红豆啦，听它们那被阳光的一句笑话逗得突然炸响的哗哗啪啪的笑声——那狂喜的、幸福的炸裂！美好的灵感，炸得满地都是。诗，还用得着你去苦思冥想吗？面朝土地，谦恭地低下头来，拾进篮子里的，全是好诗。

纵着走过来，横着走过去，我不识字的父亲，披一身稻花麦香，在阡陌上走了几十年，我以为他只是在琢磨农事，当他头也不回地走远，他的田亩和更广袤的田亩，被房地产商一夜间全部收购，种植了茂密的钢筋水泥，然后无限期地转租给再也不分泌露水、不生长蛙歌，仅仅隶属于机械和水泥的荒芜永恒——这时，我才突然明白：我不识字的父亲，他纵着走过来，横着走过去，他一生都固执地走在一首诗里，他一直在挽救那首注定要失传的田园诗。

屋梁上那对燕子，是我的第一任数学老师、音乐老师和常识课老师。我忘不了它们。我至今怀念它们。它们一遍遍教我识数：1234567；它们一遍遍教我识谱：1234567；它们一遍遍告诉我，一星期是七天：1234567。

乡村炊烟

一

有时是在放学回家的路上,有时是在采猪草的山上,有时是在玩耍的河滩上,远远地,我们看见,村里的炊烟陆续飘起来了。

那时,我们贪玩,也贪吃,炊烟撩拨起我们对饭食的向往,看见炊烟,就好像看见饭菜了。炊烟是村庄的手势,是母亲的手语,是生活的呼吸,我们喜欢看炊烟。

看炊烟,距离远一些最好看。在高处看,尤其有意思。我们经常在山梁上远远地看。

二

那是杨自明叔叔家的,那炊烟一出来就比别人家的高出好多。自明叔叔是远近有名的大个子,一米九,有人说两米。我有一次悄悄站在他的旁边,才挨着他的衣襟,还不到他的裤腰。自明叔叔摸摸我的头,慈祥地说,好好长,将来也是大个子。他的几个儿女都高,所以他们家的房门高,灶也盘得高,这样免得进门碰头,做饭弓腰;灶台高,烟囱也就高,不然烟抽不上去。每当村里炊烟升起,我们一眼看见的准是他家的。我们就喊:高个子炊烟,高个子家快开饭了。那炊烟似乎也知道自己个子高,不能落后,在众多炊烟里它飘得最快最远,其他的炊烟都落在后面。自明叔叔家成分高,是地主,经常受欺负,事事都落在人后,他们家的炊烟总算在无人的天空跑在了前面。我暗暗为自明叔叔高兴,感慨天空的善良温厚。

那一定是成娃家的,成娃妈性子急,眼睛也不好,她做饭时爱用火棍在灶膛里倒腾,火势就气冲冲的,炊烟受了感染,也就不耐烦地往上蹿,也气冲冲的,时不时还冒点黑烟,好像在发脾气。成娃的爸爸老是埋怨饭不可口,经常和成娃妈吵架,当然也因别的事情,有时候还动手。成娃妈性子虽然急,却是个软弱的人,生活中总是逆来顺受,连大声说话都很少。我们真想把成娃的爸爸叫到山上来,让他看看,成娃妈心里憋了多大的冤屈,正在对老天爷说呢。

那该是寡妇杨婶家的,慢腾腾、病恹恹的。人在地上没个依靠走不稳,炊烟在天上也是这样,无根无趣地晃悠着。她的炊烟起得晚,收得早,细细歪歪地升了一阵子就停了。我们知道,她又潦草地吃了一顿饭,潦草地过完了一天的生活。后来,她不到50岁就去世了,潦草地过完了一生。

喜娃看见他家的炊烟了,今天肯定是他妈妈做饭。他爸爸做饭总是不耐烦,说蹲在灶神爷胳肢窝里急人,就不停地向灶膛塞柴火,还用吹火筒吹火。他不耐烦,火也不耐烦,几下子饭就焦了,喜娃没少吃他爸做的夹生饭。几次看见他家屋顶上急慌慌的炊烟,喜娃就皱眉,糟了,又要吃夹生饭了。喜娃肯定今天是他妈妈做饭,他说,妈现在正往灶膛里慢慢添柴火哩:你看,那炊烟慢悠悠的,像妈说话一样,斯文地一字一字地说,说到要紧处,还停顿一下,然后继续慢慢说下去;看见那炊烟了吗,也停顿了一下,显然有要紧事要做,是要蒸饭了,妈说文火做的饭香,好吃……你们看,那就是文火,冒的烟是文烟。喜娃妈是过去秀才家的女儿,读过古书,会背不少诗文,虽然日子紧,但还是讲究。我们就笑着说,这炊烟也有文化,也会咬文嚼字,在和老天爷商量学问呢。

我看见我家的炊烟了,我们家在村边,离河不远。起风的时候,我家的炊烟在屋顶上转几个弯,迟疑一会儿,就出了村,飘过原野,随着风过了河,与对岸孙家湾的炊烟汇合。我就想,我们家烧的柴经常是父亲在孙家湾附近的山上割回来的,柴也想念自己的老家，想念自己的同伴，它变成烟也要回去，与同伴们再见一次面。有时，我家的炊烟刚飘到河心，风改了方向，顺河吹下去，炊烟也顺河飘下去，就看见孙家湾的大部分炊烟也顺河追下去，与我家的炊烟飘在了一起，它们不愿让好伙伴独自出走，要和好伙伴一起走。在无风无雨的晴好天气，我家炊烟就笔直地、静静地升上天空，像一个高个子的人，在屋顶上踮起脚尖向远处眺望。它在眺望什么呢？站在河对岸的山上，你就能看明白，原来，这个时候，孙家湾的炊烟们也笔直地、静静地，踮起脚尖在眺望哩，在一个合适的高度，它们望见了我家炊烟，我家炊烟也望见了它们，它们静静站立在天上，就像它们曾经是青翠的草木站立在山上。不过，对于一个小孩子，炊烟的意义首先是一种招呼，是母亲轻轻挥动的白头巾，告诉她的孩子，该回家吃饭了。

三

天空湛蓝的时候，炊烟是淡淡的白；天空灰暗的时候，炊烟是淡淡的蓝。淡白和淡蓝，是我小时候对故乡炊烟的印象。

不那么空也不那么实，不那么高也不那么低，不那么白也不那么蓝，炊烟淡淡的，乡村淡淡的。淡淡的，是平常乡村的色调。

清晨，炊烟在微风中斜斜升起，一天的日子就这样伸着懒腰开始了。

正午，天空安静得像一面无人使用的镜子，炊烟就直直地映上去。

黄昏，鸡鸣狗叫，风也赶来凑热闹，把各家各户的炊烟吹得一片零乱。过一会儿，又悔过了似的，眉头一皱，收拾起满天思绪，一丝一缕，整理出一条白色的栈道，供好奇的孩子们在天上来回奔跑。

炊烟里飘着稻草的香味、麦秸的香味、松枝的香味、野蒿的香味、芦苇的香味。仔细嗅，还能嗅到妈妈手心里的汗味儿。

刚刚学过几首儿歌的我，望着炊烟也构思起赞美炊烟的儿歌来。心想，炊烟里的妈妈是多么美丽，妈妈是炊烟，在天上飞，在儿歌里飞。

念着自己编的儿歌跑回家，看见母亲伏着身子，正往灶膛里添柴草，火光照着她的白头发。她把身子伏得更低了，她像夕阳下河滩上的芦苇。她不知道，她微不足道的动作，营造了儿子生活中最初的诗意。

炊烟，旷古不息的炊烟，安慰了世世代代游子漂泊的灵魂。他们从一片云、一缕烟，猜测着故乡的消息、家的消息、生活的消息。

炊烟里母亲的身影，已变成记忆里的雕塑。

记忆里的炊烟，从母亲手中缓缓升起，升起……

四

几十年过去了,如今,我闭上眼睛,就能看见村庄上空那一道道炊烟,想起我和小伙伴站在山梁上看炊烟的情景。

烟,一缕缕散了;人,一茬茬走了。我怀念过去的炊烟,怀念那些点燃灶火、扶起炊烟的人们:自明叔、杨婶、成娃妈、喜娃妈、我妈……

那天,我回老家。我过了河,来到孙家湾。我走在田埂上,走在树林里,走在山坡上,那是我家炊烟经常要返回的地方,说不定,我脚下的泥土里,就藏着几十年前飘落的细小烟尘。

人,活在世上,也是一缕炊烟,被命运之灶点燃,被岁月之风吹拂,到底在烹调什么,自己也未必清楚,别人看见的,只是那或浓或淡或直或弯的一缕,在屋顶,在天空,轻轻飘过。

不管怎么说,炊烟升起来了,或者曾经升起过。生命路过的地方,总算都留下了各自的味道。

远去的田园

稻禾、豆架、流水、蓑衣、草帽、犁铧、锄头、耕牛、鸡鸣、犬吠、猪叫、农夫、牧童、村姑……这是田园,每一件事物都是一首诗,田园,乃是生长植物、粮食,也生长诗意的地方。

田园是一种耕作方式、栖居方式,也是生命向大自然皈依、表示眷恋的一种宗教仪式,是朴素的、无神论的宗教,田园以及远山近水,以及永恒轮回着的四时八节,田园上方的无边星空——这一切都是神秘的、带着爱意不停降临的,像伟大不朽的神,但又是可感可触的具体事物,栖居在田园的人们怀着对这一切的感恩,并不追寻事物之外的神灵,他们在田园中安顿了生存也安顿了灵魂:田园是他们朴素的教堂,是他们的家。

所以他们不需要彼岸,偶尔想象一下彼岸,也不过是一处更丰足的田园。

田园是诗意的。炊烟缭绕着的黎明和黄昏,与半透明的水汽和薄雾无声地交织成一种朦胧的意境，鸟叫着，狗也插嘴，时常夹杂开门的声音、水桶碰触井沿的声音，以及妇人们呼喊孩儿的声音，田园的诗是朴素的也是世俗的。而当夜晚，月光静静地堆积在屋顶和草垛；不眠的星星在水井里望着自己的影子出神；树梢上的鸟枕着月色熟睡过去；莲荷与稻禾对望着，交流着站在水里的感觉；一弯河水怀抱着北斗，任它舀取自己的情感……这时候，田园的诗是空灵的，超然的。

陶渊明、王维、孟浩然们从阡陌上走过去，蛙声、露水、植物的香气就漫进他们的诗，他们的诗都不冗长，像一行行庄稼；到头了，就另起一行，他们的诗都方方正正，像一畦畦水田，像一块块荷塘，语言的清水里，倒映着天人合一的意象。

田园也有穷困和悲苦，想象披着蓑衣一代代走过田园的人们，想象阴雨天里发霉的粮食和潮湿的心情，想象在阡陌上纵着走横着走总也走不出头顶的炊烟，最后终于在屋檐下老去的，那些早年的女儿们母亲们，这时候我想，田园，是好的，但也有遗憾。

而失去了田园才是更大的遗憾。此刻，我就在城市的钢筋混凝土铸成的单元里，在噪音的袭击中，在尘埃的包围里，忆念我们已经失去和正在失去的田园……

想念小村

小村很小。一二十户人家,一个小小的地名:孙家湾。

远远近近还有:李家营,张家寨,汪家梁,富家坝,杨家坪,袁家庄,吴家沟,王家坎……

这小小地名需轻轻地、抿着嘴叫,才能叫出那小小的味道、小小的意境、小小的风情。如果你大张着嘴吼叫,会吓坏了她,会惊了她的魂儿。不信,你试着大声吼一句:孙家湾!——看是不是没有了孙家湾的味儿?孙家湾飘着淡淡的野花香味儿。孙家湾像一个刚刚新婚的小媳妇,青涩、害羞、爱笑,朦胧中透出刚刚知晓什么秘密后的不好意思,还流露一点儿隐隐约约的风流,你闻这梨花,不正是她睡梦中飘出的撩人的体香?

你肯定不能大声吼叫孙家湾,只能轻轻地、软软地喊她。

李家营,张家寨,王家坎……她们都是孙家湾的姊妹。她们都是很小很小的小村。

一只公鸡把早霞衔上家家户户的窗口。

一群公鸡把太阳哄抬到高高的天上。

一只猫捉尽了小村可疑的阴影。

一只狗的尾巴拍打着小村每一条裤腿上的疲倦和灰尘。

一条小路送走远行的背影,接回归来的足音。

一座柳木桥连接起小河两岸的方言和风俗,彼岸不远,抬脚即达。

一头及时下地的黄牛,认识田野的每一苗青草,熟悉小村每一块地的墒情。

一架公道正派的风车,分辨着人心的虚实和小村的收成,吹走了秕谷,留下了真金。不管外面刮什么风,这古老的风车,他怀古,他念旧,他一年四季只刮温柔的春风。

一缕炊烟从屋顶扯着懒腰慢慢升起,与另一缕炊烟牵手,渐渐与好几缕炊烟牵绕在一起,合成一缕更大的炊烟,淡淡缓缓地,又热热闹闹地,向天上飘去,结伴儿要到天上去走一回亲戚。

一架高高的秋千,把小村的笑声荡向云端荡向天河,只差一点,就把天上想家的织女接回来了,就差那一点,织女未归,于是小村的秋千越荡越高,越荡越高,荡了一年又一年。

一棵老皂角树,搓洗着世代的衣裳,小村的布衣青衫,总是那么朴素洁净、合身得体,一年四季都飘着皂角的清香,即使走在远方的街头,闻一闻衣香,就能找到你的老乡。

一弯明月是小村的印章,盖在家家户户窗口上,盖在老老少少心口上,有时就盖在大槐树上和稻草垛上,盖在孩子们的课本上。

小学放学的学娃子,边踢石子边背诵"两个黄鹂鸣翠柳……",小村的树上就歇满唐朝的诗句,家家户户就记住了一位姓杜的诗人。

村头那口水井,滋润着小村的性情、口音和眼神:淡淡的、绵绵的、清清的……

小村很小。小村的世面不大,小村心地单纯,心事简单,话题也简单。小村没有大起大落,没有大悲大喜,习惯了平平静静过日子,小村的夜晚没有噩梦。

小村很小。小村的心肠软,人情厚,张家娃感冒了,折几苗李家院子里的柴胡散寒祛风;黄二婶炖鸡汤,采一捧邻居菜园的花椒提味增鲜。老孙家的丝瓜蔓憨乎乎翻过院墙,悄悄给我家送来几个丝瓜;我家的冬瓜藤比初恋的后生还要缠绵多情,绕来绕去非要绕进老孙的地里,就把几个比枕头还大的冬瓜蹲在那里,傻瓜一样守着,不走了。

小村很小。小村的脾气好,性子慢,庄稼不慌不忙地长着,孩子不慌不忙地玩着,大人不慌不忙地忙着,老人不慌不忙地老着,溪水不慌不忙地哼着祖传的民谣,燕子不慌不忙地背着一部远古的家训。除了急躁的闪电,和偶尔发脾气的阵雨,多数时候,小村是慢悠悠的,羊儿是慢悠悠吃草的,夕阳是慢悠悠落山的，山湾的那汪清泉，也是慢悠悠说着地底的见闻。

小村很小。小村的胸襟并不小。小村的天空很大。天，是小村的哲学老师和伦理学教授，把深奥的道理讲得通俗透彻。小村的口头禅：老天爷在上，把啥都看着呢。小村早就明白：在天下面，谁都是小小的，神仙是小小的，皇帝是小小的，村长是小小的，人啊，鸟啊，猫啊，狗啊，蚂蚁啊，都是小小的，谁都没有什么了不起。小村没有势利眼，小村没有奴性，小村不崇拜什么官啊长啊，小村只尊敬君子，君子是大人，君子是懂得天道人心的人，是有情有义的人。因此，厚道和本分，是小村对人品的最高评价；善良和仁义，是小村的身份证和墓志铭。小村虽小，小村不出产小人，小村最看重良心。

小村的鸟不卑不亢地飞着，小村的狗不卑不亢地叫着，小村的河不卑不亢地流着，小村的云不卑不亢地飘着。

小村夜晚星星很多很亮很密，密密匝匝像熟透的葡萄。老人逗孩子们说："那么多葡萄，祖祖辈辈也吃不完一小串。"

"嚓"——几粒流星划过小村头顶。

孩子们说："天上的孩子也在吃葡萄。"

一个古老村庄消失的前夜

鸡鸣、炊烟、荷塘、稻香、小院桃花、梁上燕窝、绕村而过的溪流、稻草垛里的迷藏……世世代代，村庄给了人们刻骨铭心的乡风、乡俗、乡恋、乡情、乡愁。

如今，多少个古老村庄，转眼间就消失了。谁知道她"作古"时的心情？

据估计，三十年来，在城市化中消失的村庄达四十多万个。

谨以此文纪念那些消失的村庄。

一

这个古老村庄就要消失了。城市像驾着坦克、装甲车的冲锋军团，一路炮声隆隆，烟尘滚滚；一路占山霸水，毁田掠地；一路捣毁村庄，沦陷乡土；一路铲除绿色，铺张水泥。城市，眼看着扑过来了。

推土机、搅拌机、碎石机、灌浆机、起重机、切割机、升降机、电焊机……武装到牙齿的机械化作战部队开了过来。

村庄已被团团包围。村庄一片惊慌。古老的村庄没有任何防御体系,要说有什么防御,也就是家家门前菜园用竹子、柴薪、葛藤、牵牛花、丝瓜藤、葫芦蔓搭起的篱笆,这样温柔的"防御体系",也就挡个鸡呀、鹅呀,甚至鸡鹅也是挡不住的,本来也没用心真挡,挡啥呢,不就叨几口绿叶子吗?这些篱笆,这些防御体系,说白了也就是个柔软的装饰,鸟儿们就常常在上面歇息、跳跃、梳理羽毛,叽叽喳喳说着原野见闻,说着远山近水。从古到今,村庄都有这样的篱笆,"肯与邻翁相对饮,隔篱呼取尽余杯",唐朝的杜甫也是在这样的篱笆前招待客人,招待诗。

推土机、挖掘机、搅拌机、粉碎机、灌浆机、起重机、升降机、切割机……武装到牙齿的机械化作战部队开了过来。

村庄的篱笆,这温柔的防御体系,这诗一样的美好设施,怎么可能阻挡那机械的扫荡呢?

二

王婶、二叔、张爷、春娃他妈……连夜到村头老井挑水,这是最后一次打水了,孩儿最后一次吃母亲的奶,就是这种难分难舍的心情吧,以后,再不会有这样温暖的怀抱,再不会有这样亲切的乳汁了。

井台上,人们心情黯然,都不说话,是的,诀别是伤感的,怎么会有兴高采烈的诀别呢?是的,这是另一种离乡背井,岂止如此,以后,是再没了乡,永失了井啊。

此时的人们都不说话。往日的井台,是村庄最温情、最有意思的地方。挑水的人们,在井台上相遇,就要停下来,说家长里短,说庄稼天气,顺便说说家里三餐口味和天下局势;年轻后生遇到老年人,就帮助把井水提上来,后生走远了,走了几十年那么远了,仍感到背上落满老人感激的目光。

村庄里,人们的眼神,是这井水给的,清亮里漾着善良;人们的口音,是这井水给的,柔软里带着清脆;连脾气和心性也是这井水给的,格局不大,但并不局促,底蕴却是细腻深沉;水波不兴,但清澈如镜,胸襟能容纳天光地气。从村庄里进出的人,血脉里都循环着一股清水,浇灌着深深浅浅的日子。滴水之恩,以涌泉相报,是村庄做人的伦理;厚道和本分,是村庄里对人品的最高评价。其实,你若要分析住在这里和从这里走出去的人们的性情和品德,分析到最后,你会发现,他们的内心深处,都藏着一口清流不断的深井。

过些年总要淘一次井,淘井,就是给井洗澡沐身,井底、井壁、井口、井台,来一次全面彻底的清理维修。淘井,是村庄的盛大节日,大人喜悦,孩子欢笑,连村庄的狗受了感染也跟着人们四处撒欢,瞎起哄。淤泥、瓦片捞上来了,云娃妈的发卡、喜娃婆的手镯、李三叔的旱烟锅捞上来了,井台上一阵笑声和惊呼,有人就说:这井可是个好管家啊,贵重的物件、小孩偷偷扔下去的瓦片,它都好好保管着;接着,又捞出清朝的几枚铜钱、民国的几个银圆,那是先人挑水时不小心从衣兜里掉下去的,以往淘井没淘到底遗留下来,人们就想象那弯腰提水的古人长什么样子,想象他当时怅然的心情,就感叹,这井还是个收藏家,收藏着时间的遗物;井壁上砌着唐朝的砖,宋朝的石头,明朝又加进一些片石,井沿上抹着当代的水泥,啊,这井,浑身上下都是历史,它是一个历史学家,不,它就是历史。老老少少的人们,就感到了一种久远、幽深的东西,对井水,对生活,又增加了一份敬意……

今夜,此时,人们挑水,但没人说话。井台上,月光安静均匀地铺着碎银;井里,那轮祖先留下的月亮,笑眯眯地望着天上的另一个自己,但他并不惊讶自己水里的身世,井一直把他抱在怀里养啊养啊,几千年都保持着白净和雍容,他等待着那熟悉的身影,他等待着出水的时刻,他等待着那荡漾着又复静止的感觉。

天真的月亮不知道,今夜,是他最后一次在清水里亮相,是他最后一次和村庄约会,明天,村庄将被机械捣毁,水井将被水泥封死,照了千年的镜子,从此永失;村庄连同她收养了千年的月亮,从此死去。

三

绕村而过的小溪,此时还哼着一首古老民谣,转弯的时候就换个曲儿,换些词儿,这样唱了多少年月,村庄的各种心情都有了对应的调儿;有时不声不响,那是她在平缓地段回忆起什么,而此时此刻,单纯的溪水并不知道,溪边的人家忆想起多少往事,并陷入好景不再好梦不长的惆怅伤感之中。

往年往月往日,溪水都一路唱着,从竹林里穿过去,从桃花树下飘过去,从大柳树旁绕过去,亮晶晶的手里,就捧几枚竹叶,带几片桃花,牵几缕柳絮,送给前面戏水的孩子,送给那位洗衣的大嫂,送给村东头爱坐在溪边歇凉的王家大伯。

溪上的小木桥,是一根柳木横放在流水之上,水波儿唤醒了它的灵性,水花儿撩拨着它的春梦,一觉醒来,柳木发了绿芽,一根柳木竟抽出数十根柳条。村庄的孩子,一睁开眼睛打量,就认识了一种躺着也在生长的树,而老去的人们,从一根木头的来生,看到了死与生的意味,对迟早要来的"那一天"有了别样的理解,并因此不再恐惧,而有了些许慰藉。柳木桥,因此成为村庄的一个有趣地名,也成为出门在外人们心里一缕总在发芽、返青的记忆。

二叔,张妈,小翠……许多人并不相约,各自默默来到溪边,默默地再过一回柳木桥,过去了又过来,在柳木桥上一寸寸走着,生怕几步走完;久久站在桥上,久久地,站在一段柔韧的记忆上，桥下面温情的流水，流走了多少日子，也收藏着他们太多的倒影。

以后，不，就在明天，这一直围绕村庄歌唱的溪流，她的歌喉将被猛地扼断，歌声怆然而止。一首古歌顿时成为绝响，永远失传；人们生命中的一泓清水，从此断流……

四

大哥悄悄走进屋后的竹林，一个人站了许久，月光从竹叶缝隙洒下来，在他的身上写着一个个"竹"字，在竹子面前写竹字，每个字都形全而神真。平时，大哥是喜欢在劳作之余写几笔毛笔字的，这给辛苦的生活带来了几许乐趣，写字时桌子就放在后门外的竹林边。此时，月光全神贯注临摹满眼的"竹"字，微风拂叶，竹林里外一片竹影竹声竹韵。大哥小时候喜欢吹笛子，最初的几支笛子就是用竹林里的竹子自己仿作的，自产自用，自吹自赏，在笛声里度过了短笛无腔信口吹的童年。他的情感世界和美感世界，笼罩着竹影竹韵，竹林构成了他内心里最葱茏的部分，明天，就再没有这片竹林了，今夜，他要和竹子们在一起待一会儿，最后一次陪陪竹林，最后一次感受这竹影竹声竹韵，最后一次感受竹的意境。以后，就再没有这竹林了……

五

小菊记得很清楚，门前三棵桃树，大些的那棵是结婚前就有的，与他谈恋爱的那些日子，就经常到树下站一会儿，说些热乎乎的话，那个春天，桃花开得正浓，风一吹，满地堆红，就如读中学时语文课本里李贺诗写的那样，"桃花乱落如红雨"，他竟感叹起时光匆忙、青春苦短，学生腔里竟盛满了激情和伤感……当他们一脸羞红抬起头来，树上的桃花已被一阵大风全部吹落了，桃树的上空，天蓝得还像公元前那么蓝，而人世的春天正在疾步走远。他们竟一时无语，恍然有了天上一瞬人间千年的幻觉。

那两棵小些的桃树，是嫁过来后他们两个亲手栽的，作为结婚的纪念。后来有孩子了，树看着孩子长大，孩子看着树长高，孩子上学了，一次次与桃树比个子，还把自己的名字和爸妈的名字用裁纸刀刻在三棵树上，刻上去的都是每个人的小名，大的那棵是爸爸树，中等的那棵是妈妈树，小的那棵是娃娃树，是他的树。一家人的小名儿都在树上，有时，他还把一些神秘的符号画在上面，那符号的含义只有他自己懂得，有的庄重，有的迷乱，那不像是随手画上去玩的，可能有着青春时光的特殊内涵和象征。树带着一家人的名字，带着青春的手迹和秘密往高处长。三棵桃树，成了她家门前的风景，也有着心灵的寄托。

她靠在树上，每一棵树她都靠一会儿，她是最后一次和心爱的桃树交换体温和心事……

六

　　白天已把耕牛卖了，当谈好价钱，牛贩子接过缰绳，牛知道这双陌生的手要把它牵出院坝之外，牵出土地之外，牵出农业之外，牵出青草之外，牛哭了，浑浊的泪眼望着主人，望着老院子。有什么法子呢，牛啊，我也要被城市的铁手牵走啊，再见啦，老王伯看着远去的牛，悄悄哭了。

　　鸡栏还在，空空的，十几只鸡，公鸡，母鸡，小鸡，黄昏时都处理了，因为，我无法带着田野的露水和村庄的炊烟进城，我无法牵着一头猪进城，我无法在城市为一声牛哞为一片蛙歌为一串鸡鸣申请一个户口，我只能把你们"处理"了。分别前，几只母鸡呱呱呱陆续从麦草窝里跑出来，下了几个蛋，它们不知道这是最后的纪念，是送给我们最后的礼物。几只公鸡准时鸣叫报时，还扇着翅膀伸长脖子想用力叼起下沉的落日。它们不知道，这次报告的，不只是日落的时刻，更是永别的时刻，呀，最后一声田园的鸡叫，最后一次村庄的日落。

　　夜深了，谁还在村庄老屋前久久徘徊……

老屋

老屋已经很老了，它确切的年龄已不可考，它至少已有一百五十多岁了。

修筑它的时候，遥远的京城皇宫里还住着君临天下皇帝，文武百官们照例在早朝的时候，一律跪在天子的面前，霞光映红了一排排撅起的屁股，万岁万万岁的喊声惊动了早起的麻雀和刚刚入睡的蝙蝠。

就在这个时候，万里之外的穷乡僻壤的一户人家，在鸡鸣鸟叫声里点燃鞭炮，举行重修祖宅的奠基仪式。

坐北朝南，负阴抱阳，风水先生根据祖传的智慧和神秘的数据，断定这必是一座吉宅。匠人们来了，泥匠、瓦匠、木匠、漆匠；劳工们来了，挑土的、和泥的、劈柴的、做饭的。妇人们穿上压在箱底的花衣服，在这个劳碌的、热闹的日子里，舒展一下尘封已久的对生活的渴望；孩子们在不认识的身影里奔来跑去，在紧张、辛劳的人群里抛洒不谙世事的喊声笑声，感受劳动和建筑，感受一座房子是怎样一寸一寸地成形，他们觉出了一种快感，还有一种神秘的意味；村子里的狗们都聚集到这里，它们是冲着灶火的香味来的，也是应着鞭炮声和孩子们欢快的声音来的。它们，也是这奠基仪式的参加者，也许，在更古的时候，它们已确立了这个身份。它们含蓄、文雅地立于檐下或卧于墙角桌下，偶尔吐出垂涎的舌头，又很快地收回去了，它们文质彬彬地等待着喜庆的高潮。哦，土地的节日，一座房屋站起来，炊烟升起，许多记忆也围绕着这座房子开始生长。

我坐在这百年老屋里，想那破土动工的清晨，那天大的吉日，已是一个永不可考的日子。想那些媳妇们、孩子们、匠人们、劳工们，他们把汗水、技艺、手纹、呼吸、目光都筑进这墙壁，都存放到这柱、这椽、这窗、这门上，都深埋在这地基地板里。我坐在老屋里，其实是坐在他们的身影里，坐在他们交织的手势和动作里。

我想起我的先人们，他们在这屋里走出走进，劳作、生育、做梦、谈话、生病、吃药；我尤其想起那些曾经出入于这座房屋的妇人们，她们有的是从这屋里嫁出去，有的是从远方娶进来，成为这屋子的"内人"，生儿育女、养老送终、纺织、缝补、洗菜……她们以一代代青春延续了一个古老的家族，正是她们那渐渐变得苍老的手，细心地捡拾柴薪，拨亮灶火，扶起了那不绝如缕的炊烟。我的血脉里，不正流淌着她们身上的潮音？我的手掌上，不正保存着她们的手纹？我确信，我手指上那些"箩箩""筐筐"，也曾经长在她们的手指上，她们是否也想象过：以后，会是一双什么手，拿去她们的"箩箩""筐筐"？

　　我坐在老屋里就这么想着、想着，抬起头来，我看见门外浮动着远山的落日，像一枚硕大、熟透的橘子，缓缓地垂落、垂落。我的一代代先人们，也曾经坐在我这个位置上，在这扇向旷野敞开的门口，目送同一轮落日。暮色笼罩了四野，暮色灌满了老屋。星光下，我遥看这老屋，心里升起一种深长的敬畏——它像一座静穆的庙宇，寄存着岁月、生命、血脉流转的故事……

故乡的稻草

收割后的稻子,被农人在拌桶上摔打、脱粒。最后,筋疲力尽的稻草被扎成个儿,一排排站着,像尾随在农人身后的影子,坚持着对土地的守望。小时候,望着田野上静静站立着的一队队的稻草,觉得它们活像我们小学生出操,天黑了,下霜了,它们还站在那里,也没人召集它们返回教室;它们又像是失去方向的一支迷途的军队,就那样不知所措地默默站着,让自己做了季节的俘虏,我在心里竟同情起它们来了。

没有人研究过,在稻草守望的这段短暂的时光里,田野里究竟发生了什么事情。我曾经与小伙伴们在田野上疯跑,或独自溜达,不为什么,只是觉得突然安静下来的田野显得特别神秘,也有几分荒凉,正好呼应了我那颗既神秘又荒凉的小孩儿的心,于是,胡乱走着走着,我就走进了稻草的队伍,就有了漫不经心的小小发现。我看见了蹦跳的蚂蚱,这技艺高超的跳远冠军,这模

九月 · 书语文化名家散文书系

华中科技大学出版社
http://press.hust.edu.cn
N·THINK

《寻找背影的人,找寻梦中的家》

《暮春来,许你樱花漫山》

《稻田里,诗的风景》

《寻找春天,只此人间》

《万般滋味,都是生活》

《春水煎茶,邀君赏花》

《寻你以梦魇,才相遇人间》

《寻你以梦魇,才相遇人间 2》

《生命以痛吻我,我却报之以歌》

样轻盈的可爱害虫，它们显然在赶赴这最后的午餐；我看见了成群结队的麻雀，它们在稻草里细心翻捡，秋收后的残留，竟给它们提供了宝贵的口粮，这里比村子里的施舍要慷慨和富足得多；我看见了老鼠，有的还拖儿带女，穿梭在稻草与稻草之间，从一个生产队窜进另一个生产队，或许它们觉得人类多数时候对它们过分了，其实，土地从来就无意将它们赶尽杀绝，它们一边狼吞虎咽，一边感叹：天无绝我之路，地无灭鼠之心；我还看见了不少鸟窝，在稻草柔软的身上，它们不失时机地搭建了临时天堂，它们是多么热爱在大地上度过的时光。我隐约感觉到农业的宽厚和土地的仁慈，这丢下的颗粒未必是人们有意的施舍，但是农业的本性就是不让任何一个强者把天下的好处独自占尽，你总得无意或有意间留下些什么，作为礼物，放在季节的路口。仁慈的土地，她怜悯着众生，她厚爱着万物。

　　写到这里，我闭上眼睛，记忆一下子退到从前，一队队稻草向我走来，在我四周集结，竟将我温暖地包围起来，我沉浸在稻草的芳香气息里，久久不能忘怀。

　　稻草个儿们在田野里待上一段时间后，履行完对土地最后的守望，也被秋日阳光烘干了身子，农人们就将它们收回村庄，在房前屋后、路边地坎，一层层地码起来，摞成一座座稻草垛。稻草垛底座宽，身子越往上越瘦，到了最上面就收束成尖顶，只需用几个稻草个重叠起来就封顶了。远远看去，乡村的四周，忽然间冒出无数座金字塔。可惜那时候没有旅游业，要不，从外国来的观光客,一眼看见这么多座金字塔藏在东方古国的山川大野,肯定会惊讶得尖叫起来。

摞稻草垛是个有趣也有一定技术含量的活儿。由若干乡亲站在稻草垛下面往上摞稻草个,一个或两个力气大、手巧的男子汉站在稻草垛身上一层层往上码砌,越到上面越惊险,乡村喜剧就在此频频上演。有的时候,是女的站在稻草垛下面往上摞稻草个儿,摞着摞着就摞偏了,垛上的壮汉急忙探出身子伸手去接,脚下重力偏移,那壮汉几个趔趄想努力站定却未稳住,就从倾斜的垛上滚了下来,自然是不会摔伤的,地上柔软的稻草接住了他,伴随着他的狼狈滚落,四周响起一片笑声;也有的时候,眼看"金字塔"就修造好了,却偏偏在封顶时功亏一篑,可能是底座不稳,或者是塔身不牢,也可能是工程师们没有掌握好建筑物与地球引力之间的精密关系,重心错位,终于酿成小范围强烈地震,只见天倾西北,地陷东南,日月无光,雀鸟惊飞,那高高的金字塔瞬间倒塌了,修塔人也在半空中失踪,他是被强烈震波摔上太空?还是淹没于滚滚草海?大家知道不会出大事,但眼睁睁看着一个大活人不见了,也还是有些紧张,便赶紧在倒塌的废墟里搜寻。在稻草堆里,经过一阵忙碌的翻捡和呼叫后,终于找到了被草海掩埋的汉子,他与稻草打成一片,变成了稻草人。大家看见他都有些惊喜,他看着在草海里打捞他的乡亲后也有些羞涩和感激,仿佛小别人世,到来生去了一趟,又刚刚返回人世。众人都在欢呼他的再生,他忽然觉得这熟悉、平淡的人世,是这般新鲜、温热、可亲。

水磨坊

水、石磨、粮食,在这里相逢了,交谈得很亲热。

哗啦啦,是水的声音;轰隆隆,是石磨的声音;那洒洒如细雨飘落,是粮食的声音。

水磨房一般都在河边或渠边。利用水的落差,带动木制的水轮,水轮又带动石磨,就磨出白花花的面粉或金黄的玉米珍。

水磨房发出的声音十分好听。水浪拍打水轮,溅起雪白的水花,发出有节奏的哗啦哗啦的声音,水轮有时转得慢,有时转得快,这与水的流量和流速有关。转得慢的时候,我就想,是否河的上游,有几位老爷爷在打水,让河水的流量减小了?转得快的时候,我又想,是否在河的中游或距水磨房不远的某一河湾,一群鸭子下水了,扑打着翅膀,抬高了河水,加快了水的流速?有一次我还看见水里漂来一根红头绳,缠在水轮上,过了好一会儿才被水冲走,我当时真想拾起它,无奈水轮转得很快,又不敢关掉水闸，看着那根红头绳被汹涌的流水扑打，无助地闪动着红色的幻影，心里泛过一阵阵伤感。我想那一定是河的上游或中游，一位姐姐或妹妹，对着河水简单地打扮自己，不小心把红头绳掉进了水里，她一定是久久地望着河面出神，随着红头绳流走的，是她的一段年华，说不定还有一段记忆。

比起水轮热情、时高时低的声音，石磨发出的声音是平和、稳重的，像浑厚的男中音，它那轰隆隆轰隆隆——其实这个词用得不准确，它不怎么"轰"，持续均匀的声音是"隆隆"，像是雷声，但不是附近或头顶炸响的雷声，而是山那边传来的雷声，那惊人的、剧烈的音响都被山上的植被、被距离、被温柔的云彩过滤沉淀了，留下的只是那柔和的隆隆，像父亲睡熟后均匀的鼾声。粮食也发出了它特有的、谁也无法模仿的声音，磨细的麦面或磨碎的玉米珍从石磨的边缘落下来，麦面的声音极细极轻，像是婴儿熟睡后细微的呼吸，只有母亲听得真切；玉米珍的声音略高略脆一些，好像蚕吃桑叶的声音，或是夜晚的微风里，草丛里露水轻轻滴落的声音。

守在水磨房里的，多是老人或母亲，有时候是十岁左右的孩子，太小了，怕不安全。我在七八岁的时候，几次请求母亲让我看守水磨房，母亲不答应，说水可不认识你，水不会格外照顾你。经不住我的纠缠，母亲只好答应我。我看守了好几次水磨房，学大人的样子按时给磨眼里添粮食，按时清扫磨槽里的面粉。抽空蹲在水边看水轮旋转水花飞溅，听水的声音，石头的声音，粮食的声音；根据水轮旋转的快慢想象水的流量流速，想象河的中游或上游发生了什么事情；凝视一根漂流的红头绳想象遥远的河湾一个女孩子伤感的神情……

当我从水磨房里走出来的时候，我看见水磨房旁边的柳树林里，母亲坐在一块石头上，手里拿着正在缝补的衣裳，微笑着向我点头。哦，我的母亲不放心水，不放心石头，她一直守在水磨房附近，守着她的孩子。

水磨房，我最初的音乐课堂，爱的课堂，我在这里欣赏了大自然微妙的交响，我看见了水边的事物和劳动，有那么丰富的意味；我看见水边的母亲，母亲身边的水，那么生动地汇成了我内心的水域。

我渴望，当我老了，我能有一个水磨房，在水边，看水浪推动水轮，发出纯真热情的声音；将一捧捧粮食放进磨眼，在均匀柔和的雷声里，看一生的经历和岁月，都化作雪白的或金黄的记忆，细雨一样洒下来……

我希望，水磨房不要失传，水磨房的故事不要失传。

城市鸡鸣

住在城里，好久没有听到鸡叫了，大概有二十多年了吧。在乡下路过或采风，是听见过几次，但匆忙来去，那鸡叫声也就零星、破碎，如同流行的手机浏览和碎片化阅读，东一句，西一字，还没看清题目是啥，更远未触及心魂，就刷完了许多页面，心里却依然空荡荡的，而且似乎比以前更空荡荡了。

而最近，我却听见似乎完整的一声声鸡叫了。鸡叫声音来自小区外面的街上。我默默感激着也羡慕着那一户有自家院落的人家，他散养着一群鸡，也为我们养了一声声天籁清唱，养了内心里的一点乡愁和温情。

我家住八楼，声音是从低处向高处飘的，市声混杂着各种声响，但由于鸡叫声既有日常的亲切，又有着热烈的个性，所以我就听得很清楚。尤其是那雄鸡的叫声，如一个满怀激情的黎明歌手和纯真的大自然的抒情诗人，它对阳光的赞美是如此激情洋溢,它对混沌时光的大胆分段是如此富于创造性,虽是一厢情愿,却暗合了天道人心的节奏:黎明,日出,晌午,黄昏,子时,午时,寅时,卯时……它从不失信误时,在准确报时的同时,还向人间朗诵了一首首充满古典意境的好诗——雄鸡既是现实主义者,也是浪漫主义者,既有务实精神,又有超越情怀。我听着鸡鸣的声音,对照我自己,觉得惭愧得很,我要么过于拘泥现实,要么过于凌空蹈虚,无论为文或做人,都远未到达虚实相生的意境。那么,虚的灵境与实的意象,出世的精神与入世的作为,应该怎样结合?听着一声声鸡鸣,心里想着自己仍需潜心修行,先贤虽逝,但榜样不远,榜样就在小区附近——就是那忠实地为人间报时、为天地服役、为众生抒情的一只只雄鸡。就这样,每天听着久违了的鸡鸣声,我那一直很寂寞、也难免有些抑郁的耳朵,竟因此有了幸福感,我终于听见了童年的声音,听见了故乡的声音,听见了大自然的声音……

听久了,我还听出,那鸡鸣声总是在不停变着调子和嗓音,每天都不一样,甚至过一时段都有变化。前天听着很抒情的声音不见了,昨天突然换了个调子,显得生涩有些沉闷,而今天又换了嗓门,似乎欲言又止,还带着忧伤——我们的抒情"诗人",在世事快速变化、场景匆忙切换的年代里,难以形成自己稳定的抒情风格和个性化语言,才如此急切地变换着言说方式,发出慌乱凄惶、极不沉稳的声音吗?

昨天下午上班时,我绕到小区外面的街上,想看一看鸡鸣声的出处,想看望一下我们的抒情"诗人"——它唤醒了我的乡愁和童年记忆,我应该去看看它们,顺便了解它们何以不停变换调子和嗓音的真实原因。

走着走着,我没有找到想象中宽大的绿草茵茵的院落,我没有找到诗,也没有见到"诗人",却走到了一个生鸡屠宰场,在各种刀子和开水桶旁边,关押着一只只鸡,仔鸡,母鸡,雄鸡,在铁笼里拥挤着颤抖着。

我默默看了一眼那些垂头丧气、灰头土脸的鸡们,心想:那黎明的抒情、黄昏的咏叹和午夜的诉说,就是从它们中发出的。

然而,它们无法从容言说,无法跟随宇宙的时序和万物生长的节令,去深情地唱完一首完整的生命之歌。有的刚刚还在欢呼日出,就被迫终止了歌唱;有的正在朗诵挽留落日的诗篇,只朗诵了一半,就被一刀封喉,突然与落日一起失踪。

原来,我是听错了,不是"歌手"在频繁变调和改换嗓门,而是死神在不停点杀"歌手"——在死亡流水线上,次第走过的"歌手"们,只能留下匆忙的绝唱。

这才觉出了我的幼稚和可笑,在商业的城堡里,却幻想着田园的牧歌;把一群羁押在市场铁笼里的、已经标好价钱的死囚,想象成大自然的抒情诗人。如此南辕北辙的诗意妄想,比起那位总是在幻觉中与风车作战的堂吉诃德先生,真是有过之而无不及,我啊,可笑甚矣!

城市的履历表里,没有自然的消息,没有生长的年轮,只有消费的记载，只有买卖的账目；市场的网页上，没有诗，没有露水，没有古老而清新的歌唱为荒芜的时光标示出生动的段落，只有欲望的气球飘升。因此，城市，没有抒情的鸟儿，没有歌唱的雄鸡，没有真正的日出。

我不无悲凉，而且十分荒凉地忽然明白：我所听到的鸡鸣声，绝非抒情诗人的深情朗诵，而是大自然留下的几声苍凉遗言……

第三辑

草木有本心

与植物待在一起,
人会变得诚实、善良、温柔
并懂得知恩必报。
世上没有虚伪的植物,
没有邪恶的植物,
没有懒惰的植物。

与植物相处

不管如何,与人相处多了也会有烦的时候。即使孔夫子在世,天天接受他老人家的教导,恐怕有时候也想请假两天在家里闭门思过,享受独处的宁静。即使李白在月光下复活,与他三五天喝醉一次是可以的,甚至是"不亦快哉"的,但如果日日狂饮,夜夜醉倒,不仅诗写不出来,还会喝垮了身体。"圣人"和"诗仙"尚且如此,何况世上并非都是你喜欢和热爱的人,产生"烦"甚至更不好的情绪就难免了。

宠物大约就是由此"宠"起来的,人们养猫、养狗、养鸟,养一些可爱温驯的动物,动机之一恐怕就是想适度地拉开与"同类"的距离,而在与"异类"的相处中感受一种无忧的情趣。与这些动物相处,人可以回归一种简单的心境,不必戒备和算计,也不必那么多的礼节,更不用点头哈腰献媚讨好。这一切都免了,动物不欣赏人类的文化,你只要喜欢它,它就给你回报:猫就偎在你的怀里,狗就向你撒娇,鸟就向你唱歌。在简单、纯洁的动物面前,人也变得简单、纯洁了,人就有了从容、宁静、无邪的心境,领略生命与生命交流的喜悦。

但是人能与之相处的动物的种类还是太少了,宠物是人精心选择和驯化了的。人不能和狼相处,麻雀好像压根儿不想与人类建立什么亲近的关系,它们只喜欢给人类制造一些小麻烦。人更无法与虎、豹等凶猛的动物相处,只能在动物园里隔着铁栅远远地欣赏它们的英姿。

这样,我们就格外思念大自然中的植物了。于是我来到植物们面前,它们是我的老师、医生和朋友。

这泛绿的青草可是从白居易的诗里生长出来?蒙蒙细雨里,我几步就走进了唐朝,隐约间仿佛看见了李商隐、王维们的背影,青草绿了他们的诗,绿了古中国的记忆。我看见了车前草,还是在《诗经》里那么优美地摇曳着。狗尾巴草,那么天真地守在路边,谁家的狗丢了尾巴?遍地好看的狗尾巴,令千年万载的孩子们想找到那一定很好看的狗。三叶草,三片叶子指着三个方向,哪一个方向都通向蝴蝶的翅膀。趁我伏在泉边喝水的时候,野百合悄悄地开了,洁白的手在风里打着手势,似乎谢绝与我相握,它嫌我的手太粗糙,嫌我的气息太浑浊?太阳花开了,这么灿烂的笑,我看见太阳的颜色了,我比天文学家看得清楚,我不用到天上去看,太阳的亲生女儿全都告诉我了。

茉莉、菊、栀子、玫瑰……轻轻地叫一声它们的名字,就感到灵魂里生出温柔、芬芳的气息。是的,许多植物的名字太美了,美得你不忍心大声呼叫它们。含着感情轻轻叫一声玉兰,那洁白如玉的花瓣会洒落你一身,你便感到这个春天的爱情又纯洁又慷慨。静静地守在昙花旁边,不要为天上的星月缭乱了视线,注视它吧,它漫长的一生里只有这一个灿烂的瞬间。竹子正直地生长着;芭蕉粗中有细,准确地捕捉了风的动静;仙人掌握着满把孤独,又用一手的刺拒绝轻薄的同情;一不留神,青苔就爬上了绝壁;野草莓想走遍夏天,却被一条蛮不讲理的溪水挡住了去路。我也被挡住了去路,于是就躺下来。一觉醒来,野草莓包围了我,多亏不远处松林里那五颜六色的蘑菇向我不停地递眼神,让我看见一条通向远方的幽径,否则,我怎么能走出这温柔而芬芳的围困?

有一小块自己的庄稼地多好啊!看一会儿书种一会儿庄稼,写一首诗侍弄一会儿花草。书里的思想抖落进泥土,会开出奇异的花;泥土的气息漫进诗,诗会有终年不散的充沛的春墒。看青翠挺拔的玉米怎样抱起自己心爱的娃娃,看聪明的辣椒怎样在寒冷的土里找到一把一把的火,看豆荚躺在小床上如何构思,看韭菜排列得那么整齐,像杜甫的五律……

与植物待在一起,人会变得诚实、善良、温柔并懂得知恩必报。世上没有虚伪的植物,没有邪恶的植物,没有懒惰的植物。植物开花不是为了炫耀自己,它是为自己开的,无意中把你的眼睛照亮了。植物终生都在工作,即使埋在土里,它也不会忘记自己的责任。你无意洒落一滴水,植物来年会回报你一朵花。没有谁告诉它生活的哲学,植物的哲学导师是深沉的土地。

植物传奇

丝瓜藤的美学实验

五岁那年初夏的一天,我到大姑姑家玩。大姑姑正在吹火做饭,我躺在竹躺椅上看跟前的丝瓜藤,丝瓜藤俯下身也在好奇地看我。藤上的叶子和花骨朵儿,在风里轻轻摇动,有几根藤儿离我很近,对我很着迷,想摸我的脸,我一呼吸,藤叶就跟着在脸旁边颤。我看了它们一会儿,头一歪,就转身到梦里去了,而它们,站在梦外边定定地看我。

不知睡了几百年,耳朵被什么轻轻扯了一下,丝瓜藤儿一阵颤抖,我一摸耳朵,凉凉的酥酥的,有点痒,一伸手,取下的却是一节细嫩弯曲的青丝,再一看丝瓜藤儿,那垂在躺椅附近的触须,已被扯断了,还在战栗着。

原来,在我熟睡的时候,那正在小心探路的悬在空中的丝瓜藤儿，悄悄接近了我，它抽出细嫩的触须，在我的耳轮上轻轻缠绕起来，准备让我的耳朵成为丝瓜藤的落脚点，成为夏天的一个小站，一个栈道，成为植物梦想的一部分，如果试探成功，确信我的耳朵可靠，这些从宋朝甚或从更远的年代一路赶来的丝瓜藤便会连接起我的身体，在我耳朵附近开几朵丝瓜花，挂上至少一个或两个翡翠般的丝瓜，如此，这寸草不生一物不养的荒凉耳朵，将来，就不必以谎言废话为食物，也不必以黄金宝玉做饰物。

但是，我太冒失了，扯断了比我的梦境还要精致的丝瓜藤的细嫩螺丝，打断了这个初夏最美好的实验。

丝瓜藤儿的实验失败了。它难受地战栗着，好不容易伸过来的热情诚恳的手，被拒绝了，它懵了，傻了，它手足无措。

童年的天空下，战栗着丝瓜藤的失望和忧伤。

但是，那个农家小院，躺椅上的那一觉，大姑姑家丝瓜藤芬芳的触须，却在我的心里生根了。

是的，我一直在想：我们的身体，包括我们的耳朵、眼睛、鼻子、手臂，以及我们身体的各个部位，全部加在一起，重量只是一百来斤，上苍将这一百来斤东西托付给我们临时保管，最终全部收回，寸发不留，其间深意究竟是什么？

细思量，那个夏天大姑姑家小院里丝瓜藤儿的触须，对我似有暗示：

我们，不过是至大如宇宙星空，至小如爱的凝视，如丝瓜藤儿之细嫩触须的连接点、感通点、停靠点和小小驿站,我们存在的价值,仅仅是连接那等待连接的,感通那等待感通的,传递那等待传递的,让至大如宇宙星空,至小如爱的凝视以及丝瓜藤儿的细嫩触须,在此降临、停靠并连接、传递,让时间的藤蔓散发出馨香。

葫芦蔓的浪漫之旅

它从我父亲的手温中和脚印里,从父亲顺口说的一句农谚里,启程了。

不需要搜索枯肠,腹稿是早已打好的。它边走边想,必须把一些心事放在高一点的地方。

倒不是自己有多重要。地上有那么多苗苗草草枝枝叶叶藤藤蔓蔓,自己呢,小小的自己一点也不重要。可是,很不重要的人也会有很重要的心事。何况它的心里,装的并不都是自己的事。是春天的事,夏天的事,秋天的事。说重一点,是千年万载的事。

这样想着,它就沿一排篱笆慢慢走。在篱笆上玩耍的牵牛藤叶挽留它停下来歇歇,说能否今晚互换杯盏,尝尝对方烹调的甘露。这个当然可以。它停下来,与牵牛藤叶握了手,碰了杯,饮了对方斟来的甘露。它没有留宿,继续赶路。它念叨着:一定要把一些心事放在高一点的地方。

篱笆那边，在杜甫与邻翁曾经对饮的地方，一些还没有长高、还没有力气握起扫帚的扫帚秧，亲热地伏在它臂弯，劝它住下来好好玩，等秋天来了，一起热热闹闹打扫秋天。呵呵，我还得赶路，若是蜷在这里玩下去，秋天空荡荡的，拿着扫帚打扫什么呢？它念叨着，一定要把一些心事放在高一点的地方。

走着，走着，它快挨着院场里我妈的晾衣绳了——麻绳，灰白色的；棕绳，深棕色的。绳子并排绷了四五根，绷着的全是妈的心事，晾晒的全是思念，有被子、打补丁的衣服、孩子的尿布。它闻到了人世的味道。真好闻。尿布隐约的气息，它却闻得真切。它深吸了两口。它兴奋了，一用劲，触须挨着绳子了，它赶紧缠绕了几圈，拧紧螺丝，在绳子上绾一个结，站稳，然后，继续走，走，走。它看见绷晾衣绳的那棵槐树附近的墙上，是一扇木格花窗。

它念叨着，一定要把一些心事放在高一点的地方。

走了大约有几千首唐诗那么远的路，那天中午，出来晾衣服的我妈看到了，菜园里挖葱的我爹看到了，屋檐下燕窝里的燕子夫妻看到了，房前屋后溜达的黑猫看到了，放学回来的我看到了，木格花窗里梳头的妹妹，推开窗一眼就看到了：两个葫芦，一左一右，已经挂好了。刚好，在窗子外面，在梦的附近，与前半夜的那轮白月亮，并排挂在窗口上。

它终于把一些心事放在了高一点的地方。

人们问了几千年：葫芦里装的是什么药？其实，葫芦里没装别的，葫芦里装的还是葫芦，是上一千年的葫芦和下一千年的葫芦。葫芦无心，无心恰恰有心，是初心、诗心、本心、赤子心。千年万载的心事，都装在里面。从远古，从农历的深处，一根藤儿弯弯绕绕走啊走啊，把线装的历史走了个遍，经过了千年万代父亲们的篱笆、牵牛花、扫帚秧、母亲的晾衣绳、妹妹的窗口，经过了无数民谣、农谚和平平仄仄的诗篇，终于，葫芦怀揣的千年万载的心事，有了着落，它终于把那重要的心事挂了上去——与前半夜的那轮白月亮，并排挂在我家窗口。

它终于把一些心事放在了高一点的地方。

蕨草在我家门前蔓延

六千万年前的一个黄昏，恐龙集体失踪。蕨草养活了这庞然大物，也目睹了它们的灭顶之灾。灾难自天而降，山崩地裂，生灵哭泣，英雄们还没来得及转身，就纷纷倒下，连背影也没留下。那颗星球变成一个大坟包。

在那大坟包上，在无边废墟上，在石缝里，在毫不显眼的阴湿卑微之地，有一种总是匍匐着的、柔弱、谦卑的植物，却奇迹般活了过来。蕨，这平凡的草民，匍匐于地母胸前，默默续写大地的葱茏史诗。

就这样，从两亿多年前，它们一路走啊，走啊，目睹了无数次地质变迁和物种们轮番上演的喜剧和悲剧，它们锯齿形的书签,一直夹在地质史和生命史最为晦涩费解的段落里,拉来拉去,锯来锯去,直到把时间锯成粉末。它们的脚步覆盖了无数英雄的骸骨和坟墓,覆盖了我们无法理解和想象的无穷往事和无边荒原。它们葱茏的步履,走啊走啊,一直走到我老家的门前。

这天早晨,在我的家乡李家营,我轻轻推开老屋的木门,在门外的小路上,我低下头,看见父亲的菜园旁,路边石缝里,从汉朝以及从更久远的源头流来的溪水边,长满了柴胡、灯芯草、麦冬、鱼腥草,还有那深蓝色、锯齿形的蕨草,在众多草里,它显得兴冲冲、很高兴的样子,好像被草药们的味道陶醉了,或者它总是这样高兴。此时,它正向我招手,用诚恳谦卑的手势。

我忽然想到,亿万年前,恐龙们也曾看见过这样的手势。

中午,我吃着母亲做的蕨粉,想着一个不太好想的问题。

无疑,人类是现今地球的霸主,即现代恐龙。那么,蕨,这古老的植物,这时间的见证者,沧海桑田的目击者,你究竟能陪我们多久呢?或者,我们究竟能陪你多久呢?在地球的史诗里,谁书写了最有生命力的章节?在时间的长河里,谁是激流中一闪而逝的漂浮物,谁又是岸上久远的风景?

此时,正午的阳光照着老屋前的菜园,闪烁着亿万年前的那种炫目光斑。父亲正在菜园锄草、培土、浇水,白菜、芹菜、葱、菠菜、莴笋们,长势良好。母亲在菜园旁长满蕨草的小路上,拄着拐杖看着菜园,来回踱步。她苍老慈祥的身影,投在蕨草丛上,身影慢慢移动,蕨草们就一明一暗,好像在换衣裳。

更久远的时光我且不去想。此时，看着父母的身影和一明一暗的蕨草，我心里有一种暂且的安稳。我且安于这有母亲、有父亲的日子。我且安于这一碗蕨粉、一盘素食、一身布衣的日子。

门外，那蕨草，从我家门前的小路旁、菜园边、溪流畔，一直向远处葱茏着，汹涌着，蔓延着，漫向大野，漫向远山，漫向苍穹，漫向时间尽头。

少年的松林

我怀念那片松林。

我走进去,就看见了一丛丛蘑菇,露水停在上面,像谁忘记收回去的明亮的眼神。我简直不忍心采摘这些蘑菇,太美丽,太纯洁了,莫非这是松树开在地上的另一种花朵?这么好的花朵肯定有别的更高的目的,我怎么能摘取呢?我走进松林的时候,并没有得到松林的许可,是我自己闯进来的。这纯净、湿润,混合着腐殖土、野花、树木气息的空气,我已经无偿地大口大口呼吸了;这铺着松针和苔藓的柔软的地面,我已经踩踏了;这正直的树干、碧绿的针叶所呈现的伟岸和活力,我正在领略;溪水从草丛穿过,留几句叮咛又隐入林子深处;树枝间的鸟语,我听不懂一句,每一句都像是说给我的。松林啊,这么多这么多礼物,我都领取了,我都享用了,我还要采摘你开在地上的花朵吗?我凝望着那些天真纯洁的蘑菇,手,伸出又缩回,伸出又缩回。在美面前，我的手变得羞涩胆怯。在纯洁面前，我的心守住了纯洁。

我终于背着空背篓走出了松林。回头看，林子那么静，那么深，那么神秘，又那么空灵，它幽静的深处，藏着多少露水、花朵和鸟声，藏着林子外面很难找到的蓝色的梦境。我感到我的背篓并不是空的，盛着我一生中最纯洁的记忆。

多年以后，世上多少林子消失了，多少鸟儿匿迹了，但是再锋利的斧头，也无法砍伐我内心里的那片松林，它固守着我生命中的一部分水土，在最荒凉的季节，我也能听见多年前的鸟鸣，看见湿润的地面上，那美丽的蘑菇，露水停在上面，像谁忘记收回去的明亮的眼神……

核桃树

秋天来到我们家院子。

爹爹指着院子里这棵茂盛的老核桃树,说,核桃熟了,想吃,就用竹竿打吧。

爹爹还示范了一下,举起手中的竹竿,用力打树枝上的核桃。

核桃就噼噼啪啪落到地上。

爹爹下地去了,我一个人待在院子里,举起竹竿练习打核桃。

核桃三三两两落下来,有一颗掉在我头上,好疼。

我停下竹竿,拾起地上的核桃,皮都破了,我们对它,又是打,又是摔,它们一定是很疼很疼的。

难怪,它们都藏在树叶后面,躲避着恶狠狠的竹竿。

我就想,它们一生出来就高高地站在树上,站在生活的头顶，它们把地上的事情看得很清楚，对人，对生活，它们一定有点害怕。

难怪，它们都藏在树叶后面。

仰起头，我看见，站在枝头上的那些核桃，好像也仰望着天空，它们是不是想逃到天上去？

当然这是不会的，没有听说也没有见过它们逃走过。去年冬天我就看见，那几颗站在最高枝头上的核桃，在下雪的时候，最终还是随着雪花落在了地上。

除了土地，核桃是无处可去的，人也是这样。

一次次举起的竹竿，一次次垂下来，认错似的停在我的手上。

我觉得很对不起核桃树，它为我们结果子，我们却打它。

我心里想，我若是核桃树，我就不结果子，或者不做核桃树，变成别的树，也就不会挨打了吧。

后来听我妈说，这棵核桃树已经有一百多岁了，春来发芽，夏来遮阴，秋来就捧出满树核桃。

一百多年了，它一直陪伴着一个家族，它目睹了多少往事，它给了人们多大的恩泽，然而，不幸的是，它挨了多少打啊！

再后来，我上学了，学了很多词语和成语，有不少词我不大理解，想想我家院子里的核桃树，我就有点明白了，比如这几个词——

"忍辱负重"，核桃树不正是用它的一生，注解着这个词吗？

"恩深仇重"，恩深的却似乎反而成了仇重的，结果子的反而要挨打，我们不就是这样对待自然万物、对待我们的恩人吗？

"以怨报德"，我们不就是这样对待核桃树，对待许多事情吗？

那么，核桃树为什么从古至今总是这样，而且有可能永是这样——庇护着人又总是受着人的反复伤害，恩泽着岁月却总是遭到岁月有意无意的虐待和打击？

直到有一天我理解了这个古老成语，我才终于理解了核桃树，以及类似核桃树的许多事物。

是哪个成语呢？

"厚德载物"——就是这个古色古香温柔敦厚的词。

以浑厚深沉的道德，负载和养育万事万物，自己则甘于无名无功无我的境界。

大地是这样，大地上的众多事物，不都是这样的吗？

圣人说：天无私覆，地无私载，日月无私照，四时无私行。是为圣德。

去年夏天回老家，看望老娘，当然也看望了比我老娘更老的老核桃树。坐在它的浓荫下，依稀看见它老枝新叶里密密的嫩果。

我想起它一百多年的年轮里记录着多少不为人知的往事，记录着多少念想、喜悦、疼痛、委屈和辛酸，我想起从它的浓荫里走过了多少先人们的背影。

这是一棵伤痕累累的老树,这是一棵忍辱负重的老树,这是一棵厚德载物的老树,是的,这是一棵厚德载物的圣树。

于是,我用小刀子在树身上恭恭敬敬刻上"厚德载物"四个字,以礼赞它的大恩大德。

刻完,细看那字,笔笔画画都是伤痕。

我忽然悟到,即使我赞美它的时候,也依然在伤害它。

厚德载物,厚德载物,厚德载物。

我能做到吗?你能做到吗?我们能做到吗?

哪怕我们德也不厚,载物也不多,就用一点点德,载一点点物,我们能做到吗?

苍天不语,厚土无言,核桃树不说话。

它们厚德,它们载物,它们顾不得说什么。

天地有大美不言。天地有大善不言。天地有大德不言。

高山仰止,景行行止,虽不能至,心向往之。

我生天地间,我也是被至大至深的天地厚德所载之物,那么,我也该载点什么吧?

我立正站在核桃树面前,恭恭敬敬,深深鞠躬。

刀痕里的四个字看着我。

厚德载物,静静地看着我……

房前屋后药草香

我妈养了我们这一群孩子,艰苦不易,但都活了下来,直到现在都还算健康。这让人不由得想起小时候,那是人生发苗时节,若有个三长两短,随时会夭折的。没夭折,靠命大,命是说不大清的。佛教说修行要靠自己潜心证悟,也要靠诸般善缘的护持,才能渐入觉悟之境。护持,说得好。我想说的是,我们小时候的成长,一部分是多亏了房前屋后的诸般善缘——那些散发着药香的草木,护持了我们。

我家老屋前是一大片菜园,为使下雨天屋檐水畅流,专辟了一条沟渠,从菜园蜿蜒穿过,有渠、有坎、有园,门前就有了田园的格局,沟渠两边就长满了各种草木,全是野生的,不知何时定居于此,估计与先人们同时吧,更有可能,远在三皇五帝之时,它们就在这里生长多年,谁住在这里,它们就是谁家的芳邻。草木众多,现在还记得的,有薄荷、灯芯草、野水芹、柴胡、前胡、麦冬、车前草、野菊花、指甲花、扫帚秧、薏米，等等，还有五六株椿树，七八棵榆树，三棵桃树，一棵柿子树，几棵冬青树，另外还有一株木槿花树，两株花椒树，在中医里它们也是药木。一到谁有了头痛脑热、胃里泛酸、身上起疖子，出身中医世家、懂点医道的我妈，就几步走进我们的"中药铺子"——我们家的菜园里，采些对症的，薄荷啦、柴胡啦、麦冬啦，熬成药汤，喝几次，小毛病就好了。

　　对了，屋后也有芳邻，我家屋子有个后门，后门外是一片竹林，竹林外边是我家宅地边缘，绕村而过的溪水正好从竹林边淙淙经过，好像流水也喜欢这片竹林，就放慢流速，想多在竹影里待一会儿，还哼唱着什么，调子很低，像在试唱，或回忆歌词，但嗓子终未嘹亮起来，歌词还未记起来，已走出竹林。溪水可能觉得对不起这片竹林和这户人家，流水有情，且是深情，水走到哪里就要留下些什么，鱼儿、泥沙、水草、倒影，或一段民谣。这些，水该给我们的都给了，但是，这段多情的流水觉得还不够，就特意在溪畔、竹下，留下了几样药草，鱼腥草、菖蒲、葛根、金银花、麦冬、灯芯草，等等，有好几样，正好是房前菜园里没有的，这样房前屋后一互补，常见小毛病都有药可治、可防，我家真成了一个中药铺了。无论有病无病，每过一些时候，我妈就要熬上一锅药汤，让我们每人喝一大碗，我妈说，有病治病，无病防病，这药汤，有药性，也有营养，养人也护人，孩子们，喝吧。

春夏时节，我家周围的空气里弥漫着一阵阵药草的香味。记得那时日子很清苦，但也记得，那时夜晚睡觉几乎不做噩梦，总有某种神秘的气息潜入梦中，改变着梦的方向，梦一次次被黑暗绊倒，又爬起来，拐个弯儿，朝向黎明那边草木盈盈的原野奔跑。

　　当时，不觉得这些有什么特别，现在回想，明白了，我们其实是在草药的看护下度过了童年。那些本分厚道的草木，秉承着大地的深恩大德，环绕着我们的老屋，环绕着我们的小小岁月，用它们的苦口婆心，用它们绵长的呼吸，帮助和护持着我们。人的生命里肯定是有年轮的，我若能解剖和考察我的年轮，一定会看见细密纹路里珍藏的那些多情草木的身影，还会闻见封存完好、永世不绝的药香。

苔藓

苔藓。苔藓。苔藓……

忍不住轻轻喊了三声苔藓,一些古老的凉意,便从舌尖上生起,继而蔓延到口中、胸中、足底,最后,整个身心都浸润在一片古老而幽深的凉意中。

苔藓。苔藓。苔藓……

当我禁不住连续写这两个字的时候,我感觉到满纸都是碧绿和幽蓝,且漫向纸外,漫上桌子,漫上地板,漫上大街……

但我分明知道:除了"苔藓"这两个字是苔藓,是碧绿的、幽蓝的、古朴的、静美的,其他的一切,纸、墙、大街,都是失去苔藓再也不生长苔藓的工具、场所和建筑物。

苔藓是多么好的东西呀!苔藓是世界最原始的植物,是大地最初的颜色,或者说,苔藓是大地留下的它处女时代的纯真记忆。

我在森林里见过苔藓，满怀敬畏地从它身上轻轻踩过。下面是厚厚的腐殖土，留存着鸟声、落花和生灵们的故事。踩着柔软而潮湿的苔藓，我知道，我是踩在千年万载的时间上。

我在悬崖上见过苔藓。在那样陡峭的命运里，石头们站立着，使劲支撑着庞大的山体。多少世纪过去了，它们也不歇歇肩，改变一下姿势，这已经足够令人惊叹了！我能像一块石头那样站立两分钟吗？而它们却站立了两千年、两万年、两亿年！更让人惊讶的是它们一边负重站着，一边尽力挽留一丝一缕水土，营造和培育属于自己的绿色！那薄薄厚厚的苔藓，收藏着也分泌着天地间最珍贵的水分。谁不会为造化的艰辛和伟大而深深感动！大自然的每一笔都是杰作，即使最漫不经心的随意涂抹，也足以让我们心惊。

我在寺庙里见过苔藓。寺庙是尘世的净土，是修身养性的宁静憩园。修道者们苦苦寻觅的无非是人在大地上诗意栖居的生命方式。不管万丈红尘，我自守住心性，守住人与天、心与道最本源最深妙的血脉关联。当世俗文化随着人欲望的膨胀日益远离人与世界的真谛，求道者们以他们舍身求道的苦行精神维系了世界和人在根上的联系，也为返本溯源的后来者保留了一条条秘密幽径。入定、静观和冥思，就是古人悟道和修行的基本方式，也是中国文化最核心的内在超越之路。我每一次谒访寺庙，踩着那铺满苔藓的小径，就仿佛看见了僧人们宁静淡远的背影，习习秋风，犹回荡着诵经的声音；而飞檐上的月亮，莫非是他们留在天上的面容：似笑非笑，是不是他们久久冥思禅坐，忽然顿悟时绽放的喜悦而吉祥的神色？

我在《诗经》中，在陶渊明、谢灵运、李白、王维、苏轼的诗文中见过苔藓。"苔痕上阶绿，草色入帘青。""坐看青苔色，欲上人衣来。"……读着这些诗句，我好像一步返回古代，返回到诗经时代的大自然，返回到那长满苔藓、车前草、三叶草、野百合的阡陌小径和古道！返回到那生长明月清风白云，孕育诗情画意哲思的田园和山水中！想想这样的情境：天上白云飘过，地上众鸟啼鸣，远处是葱茏无边的林莽，眼前是原野、小桥、流水、人家，一条铺着苔藓、摇曳着苇草和狗尾巴草的小径将远山近水和三五行人连接起来，将人与无边的自然连接起来。世界，是一首怎样浑然纯净的诗！

每一次诵读古文，读到苔藓幽径的句子，我就禁不住出神。它引我沿着诗中那条小径，走向时间的深处和更深处。

是的，大地上的苔藓越来越少了，也许只有在深山老林中尚存一些残余。到处是人的潮水、人的声浪、人的侵入、人的劫掠！城市在扩张，水泥在扩张，电子在扩张，废气和噪音在扩张，田园在萎缩，山水在日益脱去它天然的风骨和神韵。

在滚滚的人欲面前，古老的大地竟无力守住它最原初的记忆——那幽蓝纯朴的苔藓。

苔藓在我们的文化中、意识中、诗歌中消失了。电脑写作、电脑排版、电脑传递、电脑阅读。但是，把全世界的电脑集中起来，能构思和培育出一寸仅仅一寸鲜活的苔藓吗？

我们失去的仅仅是苔藓吗？不，我们失去的是这个世界最古老最朴素也最纯真的记忆。

在人撤退的地方，苔藓会温柔地去占领，然后就有碧绿的幽蓝的记忆渐渐复活和呈现。

是的，在自然面前，在永恒面前，人应该懂得敬畏，学会静默和倾听，甚至发自内心地谦卑。因为"我们唯一能获得的智慧是谦卑的智慧"。

苔藓是我们的老师。你看，它那样谦卑地倾听大地的心跳，不动声色地营造着一片又一片碧绿和幽蓝，守护古老而纯真的记忆。

苔藓。苔藓。苔藓……

品茶

茶，是最朴素、淡泊的美物。饮茶，是最朴素、淡泊的美事。

在一间陈设简单、干净的小屋里饮茶是最好的。华贵、复杂的房间里不宜饮茶，那高大、贵重的东西在茶面前摆谱、显阔，茶的自然气息就被埋没了。

饮茶与喝酒绝不相同，饮茶的时候，心情越平淡越好。心情平淡的人，才能感受茶带来的宁静和清新。

每一片绿叶都在远离尘嚣的高山深谷里浴过风雨云雾，听过鸟声虫鸣。简单的叶子简单的颜色，却有着绝不简单的经历，有着绝不寻常的味道。但它们是沉默的，在滚烫的水里它们默默地接受了这过于热烈的邀请，它们慢慢吐露出纯洁而芳香的情愫。

此刻的杯子里漾出碧绿和淡淡的清香。但在这个时候，我常常不忍将嘴唇交给茶杯。茶的一生，就这样了结了吗？我想起人生的种种细节,快乐和忧伤,眼泪和微笑,期待和感动。

于是,我默默向茶感恩,向生活和大自然的每一个细节感恩。向在云雾中采茶的那双小手感恩——那是我的妹妹,在鸟声和微风里站着,她伸出手,和着露水采下了一生中最纯洁的瞬间,采下了天空中渐渐呈现的一角蔚蓝,然后,她哼着一首险些失传的民间小调,将满捧的绿色盛进竹篮,盛进别人的生活和日子,盛进我的日子。此刻我的杯子里,那浮动的叶片上,印满她的手纹。

我的眼睛湿了。我喝下了茶水,我接受着这感人的馈赠。

如果我们在生活中,不仅为事物的色、香、味、形所感,而且联想到事物不平凡的来历和它们蕴含的艰辛、忍辱、牺牲等等内涵,我们就读懂了人生。当我们遭遇这些事物的时候,就是与生命和命运遭遇。这些事物就不仅进入了我们的身体,而且深入了我们的灵魂。

茶不仅仅是一种饮料,更是一种有意味的事物。饮茶,就不只是为解渴和去乏,更像是感受某种人生境界和韵味,如饮茶时那种由微微的苦涩到甘香的感觉就给人一种智慧和觉悟。

由茶,我们可以推想到许多。一株树不仅是供我们乘凉和做家具的,一株树也是一种意境,一种生命的境界,树根在深深的地下展开着纠结着,它使我们联想到生命的明亮部分往往由其幽暗乃至苦难的根基所营养,由此才有树冠那巍峨葱茏的生命高峰。一头奶牛也不只是供我们挤奶的动物,它也有感情、有痛苦,如果不是人的挪用,也许这奶牛早已做了母亲了,我们享用的富含蛋白质和维生素的牛奶正是奶牛用苦痛所酿就。生命的成长是这样美好,而其背景又是如此艰辛甚至带着残酷,当我们喝完了牛奶,不仅只增加自己的几分脂肪和体力,而且也增加一些德性:对大自然、对生灵多一些珍重和怜悯。我们被其他生命养育着,为了我们活着,许多生灵承担了苦痛,如果我们再额外地为大自然和生灵增加痛苦,我们就大大地错了。

  人的一生要喝多少茶,茶里的香味、甘味、涩味、苦味、意味,我们能品出多少?茶如人生,从第一杯茶到最后一杯茶,由浓郁到平淡,由浅尝到深品,永远有品头,永远品不到尽头。即使生命到了尽头,最后那杯茶,仍如最初的那杯,闪烁着绿的、深长的眼神……

田埂上的野花芳草

那天,我独自到郊外田野游逛,时值初夏,油菜正在结籽,小麦开始灌浆,田埂上花草繁密,清香扑鼻。一丛丛、一团团、一簇簇,它们全神贯注地沉浸于自己的小小心事,酝酿着田园诗意,精心构思着代代相传的古老乡土艺术。一些性急的野花已捧出了成熟的小果果,我采了几样放进嘴里,有的纯甜味,有的微甜带涩,有的不甜只涩,有的很苦涩。我当然不能埋怨它们不可口,它们开花结果压根儿就不是为了让我吃。它们是为了延续自己的生命而保存种子。它们自私吗?不,一点儿也不自私,它们没有丝毫的私心,也许它们本来无心,若说有心,那也是草木之心。草木之心者,天地之心也。它们延续了自己的生命,也就延续了土地的春天,同时也就延续了蝴蝶的舞蹈事业和蜜蜂的酿造事业,延续了鸟儿们飞翔和歌唱的事业。这样,其实也就延续了田园的美景,延续了人类的审美体验。

在公元前的周朝和春秋时代,我们的先人在原野一边耕种,一边吟唱,顺手拈来,脱口而出,就把身边手头的植物作为赋比兴的素材,唱进了风雅颂,在《诗经》三百余篇诗里,保存着上古植物的芬芳、露水和摇曳的身姿。沿着诗的线索,沿着田园的阡陌,一路走来了陶渊明、孟浩然、王维、杨万里……拥在他们身边脚下,摇曳在他们视线里的,都是这些朴素的野花芳草。兴许,他们还曾一次次俯下身子,爱怜地抚摸过它们,有时,就坐在地上,长久地凝视着它们,为它们纯真的容颜、纯真的美,而久久沉浸,在这种单纯的沉浸里,他们触摸到了天地的空灵之心,也发现了自己的诗人之心。于是,他们捧出一首首饱含情感之露和灵思之美的诗,献给自然,献给原野,献给这些美好的植物,其实是献给了从大地上一茬茬走过的岁月,献给了一代代人类之心。

我看着阡陌上可爱的植物们,内心里涌起了很深很浓的感情,对这些野花芳草们充满了由衷尊敬。它们从远古一路走来,万古千秋,它们小心地保管着怀里的种子,小心捧着手里的露水;万古千秋,它们没有将内心的秘密丢失,没有将手中的宝石打碎。它们完好地保存了大地的景色,维护着田园的诗意。它们是大自然的忠诚卫道士,是田园诗的坚贞传人。即使时间走到现代,文明已经离不开钢筋塑料水泥,它们断然拒绝向非诗的生活方式投降,在僵硬的逻辑之外,依旧坚持着温婉的情思和纯真的古典品质。瞧,此刻,我身旁这些花草,它们手中捧着的,仍是

《诗经》里的露水,仍是陶渊明的种子,仍是孟浩然的气息。我就想,我们手里也曾有过不少好东西,但是,一路上被我们有意无意地丢失了、摔碎了多少?

我长久地望着这些温柔的植物们,想起那些关于地球毁灭、动植物灭绝的不详预言和恐怖电影,想起我们充满忧患和灾变的地球生态环境,内心里产生了深深的忧郁和恐惧,对"灭绝"则是十万八千个不愿意!不说别的,就凭眼前这些温存、美好的植物,这些从上古时代启程,揣着《诗经》的露水,沿着唐诗和宋词的纵横阡陌,一路千辛万苦走来的野花芳草,这个世界就不该灭绝,而应该千秋万世延续。是的,我们必须将纯真之美坚持下去,将自然之诗捍卫到底。

归去来兮,田园将芜胡不归!我听见,在南山之南,在田园远处,亲爱的陶渊明大哥,正向我招手、吟啸……

一株野百合开了

那天我在南山游荡,在一个长满艾蒿的坡地,我被一股浓郁的草木香气迷住了,我停下来,清空脑子,只让鼻子和肺专心工作。我闭着眼睛深呼吸了一会儿,像做了一个梦似的睁开眼,竟看见一束雪白的光灼灼地、然而又很温柔地在面前闪着,是一株野百合开了。刚才我来到这艾蒿地的时候,只看见它还是含着苞的,我被草木苦香所陶醉而忘情地闭目呼吸——就趁我走神的时候,它悄悄地完全地绽开了自己。这之前,我知道站在我面前、害羞地躲在艾草身旁的这株美好植物,是会开花的,如一个女孩儿出嫁是迟早的事情。但是我没有想到它这么快、这么奇妙地开了——趁我闭目呼吸的时候,它开放了自己。

你可想象我该是怎样的惊喜以至于狂喜,是那种透明的狂喜。心灵被纯粹的美、圣洁的事物打动,连心灵里那些皱褶的部位,藏着细小阴影的部位,都被这突然降临的神一样的光芒完全照亮了。我们这些成人，即便是善良的人，也早已被社会学经济学伦理学们过于复杂地重塑，心，已经成为一团交叠的欲望或一种混浊的冲动的代称；而透明的心，更是我们日渐远离、终于如上古神话一样不知为何物的陌生的东西了。我们似乎懂事了，懂得了钱、官职、名声、市场、名牌服装等等的无比重要，除此之外，那些与心灵有关的事物，比如美德、彩虹、上帝，屋顶上方专注地凝视着我们的那颗星星，旷野上一位散步的老人投给我们的那一瞥善意的眼神，等等，都是不重要的，因为这些东西都不能存入银行产生利息，或投进官场赚取暴利。我们是真正地成熟了，成熟的最可靠的标志是我们荒废了感动，却学会了盘算，而且成了一把快速演算的算盘。我听见一个市侩曾经认真地教导一群孩子：像我这样，每一根头发都想着"发"，每一个表情都知道向权力微笑，你们就快成熟了。啊，都成熟了，都懂事了，你指望浩浩荡荡的市侩的洪流，造出一个怎样的海？

多么可叹，我们慷慨地将心灵弃置于黑暗中，并生怕它跑出来干扰我们去赴魔鬼的筵席，所以我们在埋于暗处的心上再压上砖石覆上灰土让它长出毒菌，这样我们就心安理得地吃肉、喝酒、猜拳作乐了。在市侩安排的晚宴上，必须是没有灵魂的人，才能获得最大的快感。

多么可叹，谁还怀疑达尔文的进化理论没有道理？我们已经进化到不需要灵魂也能快乐生活的境界。我们只崇拜利益的灯盏，而抛弃了心灵的信仰之光；在池塘里我们争夺每一条鱼每一只虾，甚至想刨挖出池塘最深处、据说在地壳附近深埋的盘古老先生的化石，然后盗卖给和你一样贪婪的人。池塘就是我们全部的乌托邦，在池塘之外，我们失去了壮丽的精神的天河。

没有了星星，天空可以无限地黑下去，没有了灵魂呢？人会是个什么样子？

我想的似乎远了一点。总之，荒废了心，荒废了感动，我们失去了透明的情怀，我们不再或很少能够领略那种纯粹的、有着神圣感的幸福，那种为心灵显现的事物，我们看不见也看不懂了。

我就这么站在这株野百合面前，感动着，忏悔着。我感到我不配面对这么洁白、纯真的礼物。我的内心里有着很多的不洁和阴影。我真想把人类中的相当一部分都领到这株野百合面前，在清澈目光的注视里，想想自己，想想自己的灵魂。

真的，我感到惭愧，我感到不配。我什么也没有做，而它，野百合，却送给我奇迹般的礼物。我真正感到植物的伟大了，植物站在任何能够存活的地方，哪怕潮湿、光线不足，只要能与土地和天空发生联系，植物都会把绿色、把鲜美的花、把芬芳的果实拿出来，以这种美好的方式证明自己有一颗美好的灵魂。而我们，占有了多少阳光、雨水和历史的土壤啊，我们能拿出多少绿叶、花朵和思想的氧气呢？即使我们站在光线充足的地方，心里也常常充满黑暗；即使我们的根须扎进本来还算肥沃的土里，我们也难得抽出青翠的枝条。贫瘠的灵魂使我们既辜负了自己,也辜负了岁月的期待。我们站在植物面前,太像一个阴影。

在我的惭愧之外,百合花却一直微笑着。

树木的美感

在风中远处近处的树,都向我们打着友好的手势。

如果你仔细看,会发现树的手语真是太丰富了,我们内心的许多情感,即使我们自己也未必能找到妥帖表达的语言,而树,他会用微妙的手语帮助我们表达出来。

那用力的挥动,是表示拒绝吗?那轻轻一颤,又向怀里收去,是表示接纳吗?那很快地举起,又垂下来,停留在一个迟疑的角度,那是在痛苦地沉思吗?那么轻轻地摇着,一副怡然自得的样子,树也有物我两忘的时刻?

在正午时分,太阳,树,树的影子垂在一个浓缩的黑的瞬间,树的每一根手指,都全神贯注,仿佛要紧紧抓住这深不可测的一瞬。

树的语言是如此丰富,这丰富来自他多汁的内心,你不信吗?你见过树的年轮吗?那一圈一圈的,树一生都坚持写着内心日记，写着成长的经历。风雨，雷电，阳光的教诲，星光的暗示，月光的耳语，他都仔细聆听，然后收藏起来。

甚至那曾经使他痉挛和疼痛的伤痕，他也保存下来。你瞧，那棵树，在我们望他的时候，他也在注视我们，那伤痕成了他的眼睛，他用伤痕深沉地注视我们，树的姿态是这样的丰富，树，没有一种姿态是丑的，是不好看的。摇曳是美，静立是美，在雨骤风狂的时候，他的愤怒和悲哀，也有一种感人的美的力量。

你注意过月光下的树吗？你知道月光下的树布置了一种怎样的美丽、神秘的意境？

是午夜了，东张西望的星子们已有了睡意，月光悄悄走过来，她有些累了。她停靠在大槐树上那个喜鹊窝旁边，她看见了，这是多么简单温暖的窝啊！豪华的天空也未必有它温暖，有它美，月光也想躺在窝里孵出一只鹊儿，月儿真的躺进喜鹊窝了，可惜只有一会儿，就这么一小会儿，树的每一片叶子，每一滴露珠都帮助着月亮，成全着月亮，让她做圆这一小会儿的梦。你看，树一动不动，他静穆庄重得像一幅古典版画，贴在深蓝的天上，贴在月亮行走的路上。

芦苇，激动人心的大美

绿树拥岸、蜿蜒流淌的河是很美的，要说河的最美的地方，那肯定是芦苇荡。

对河流的审美并不需要多高的美学修养，河流有一种天生的打动人的美的力量，她闪烁的波光，她婉转的河岸，她或激越或温柔的流水的声音，她的周围和上空旋绕的鸟的身影，她的波光里明灭起落的星星的倒影、银河的倒影和云的倒影，从她身上弥漫而来的湿润清爽的空气……这一切，通过视觉、听觉、嗅觉和触觉全方位地感染你、渗透你、浸润你，河流很快就笼罩和充满了你，此时，你没有别的感觉，你只有一个感觉：河流真好，真爽，真美啊。

你不想再远离河流了，你就入迷地站在河风里，站在河的絮语里，你举目四望，河流太好看了，目光都不知该停放在哪个地方，因为每一个地方都是美景，都是亮点。

你该把目光投向哪里呢？你知道了"美不胜收"这个词的来历，要是古人不造这个词，面对河流，你也会在此时此刻造出这个词来的，不然，你会觉得对不起河流。

　　这时，你看见了河湾里那大片大片的芦苇荡。

　　那么浓郁热烈的绿，像旗帜招展在河流的身体上。微风吹来，苇浪就开始有节奏地起伏，那么绵软、优雅、节制，那么美好的动作。也许只有芦苇能做出这么美好的动作。风大起来了，苇浪起伏的弧度明显放大了，眼看要匍匐在地上，然而并没有完全伏下去，你也不愿意看见可爱的芦苇做出这么委屈的姿势。芦苇们互相依托着、呼应着，只把柔韧的腰弯到有几分悲壮的程度，就又挺起来，然后随了风继续那哀而不伤、伏而不倒的动人舞蹈。

　　是的，水在流动，风在跑动，岸在移动，在变动不居的河流里，在变动不居的岁月里，芦苇们不知听到了谁的暗示，不声不响地在低处做着准备，然后集结成浩荡的军队呼啦啦开出来，就在流动的河里，流动的时间里，流动的生活里，切割了这么一些安静的、绿色的岛屿，宣告美的征服和温柔的占领。让我们看到：许多东西在不停地变化、流逝，许多事物在无可挽回地快速远离我们，但是，仍然有一些东西没有变，仍然有一些可爱的事物停留了下来，并且远远近近地陪伴着我们，它们时时眺望着我们，也被我们时时眺望，比如：你正在凝视的那一片片芦苇，此时，它在接受你投去的目光，它那么安静，深邃，它似乎要把你清澈、深情的目光收藏起来，把你的美好年华收藏起来，若干年后，当你老眼昏花了，它再把它收藏的你青春的情怀，把它收藏的你早年的目光，都还给你，重新放进你的瞳仁。

到了秋天，苇花如弥漫的白雪，被覆盖的河滩成了起伏的雪原，走近它，你能听见大地深长、细微的呼吸，你能感受到一种只有从风浪和霜寒中一路走来才会有的那种深沉、忧郁而依然保持着纯真情操的成熟之美和内在之美。在苇花的雪浪里行走，你会重新发现你内心深处原来有一片柔软地带，此时它正在落雪，正在不断展开灵魂的空阔和洁白。

许多个秋夜，我来到苇花飘曳的河滩，月亮小心地、踮着脚轻轻从上空走过，生怕让这唯美、柔弱的梦受惊。月光落下来，一层层落在苇花上，天上的雪与地上的雪相遇了，尘世的梦与天国的梦汇合了，我目睹并参与了两个梦的交接仪式和汇合过程，并荣幸地成为那超现实梦境中的一个细节。我在大地的一隅邂逅了天堂。

不止一次，我在秋日里看见过这样的情景：一对对情侣在苇花的白雪里走着走着，置身于大自然纯美的诗的意境，即使再没有诗意的人，这时候看过去，也有了几分空灵和超凡气息。我想，也许他们都是很普通的人，以后也将过着庸常甚至琐碎的日子，然而，这一刻，大自然的诗意使他们凡俗的岁月有了经典的记忆，雪白的苇花漫过他们初恋的时光，即使到老了，什么都忘记了，也许他们仍记得那雪白的苇花，以及那贴着苇花飞过的雪白的鹭鸟,还有头顶那雪白的云。这记忆的底色,将漂白时光里沉积的灰暗,在纷繁甚至浑浊的色彩里,他们一生里都将坚持对洁白的崇拜。当他们在尘世间走出去很远,停下来回望,总能望见过去的白雪,那是多么纯真的雪啊。

第四辑

万物有灵且美

整个天空都在牛背上起伏,
星星越来越稠密。
牛驮着我行走在山的波浪里,
又像飘浮在高高的星空里。

燕子筑窝

春天里,我家来了一对燕子,妈妈说,它们是夫妻,要在我家过日子,养孩子。

堂屋里的屋梁上,已有两个燕窝,住着两对燕子,它们是去年就住下的老夫妻了。一到春天,它们又从南方返回来了。我当时不太懂南方是什么意思,为什么非要跑那么远去南方。爹爹说,南方暖和,北方冷。燕子冬天去南方过冬,到春天又返回我们这里。

爹爹说,来我们家的燕子,无论新的老的,都是我们的亲戚,我们要爱惜。

新来的这对燕子,发现堂屋已有燕子居住,就在门外的屋檐下筑窝。

它们一趟趟从田野里衔来湿泥,泥里还带着一些枯叶和细碎草秸。爹爹说,泥里带点草秸,才容易黏合,修的房子才凝固得结实,娃娃你看,燕子没上过学没念过书,都这么聪明,你们学生娃可要好好学习哦。

它们的工程进行得很不容易。因为没有施工图。常常要返工。有时,好像是地基铺得太宽,不符合紧凑、安全和保暖原理,它们就收紧了地基的尺寸重新施工。原来的地基就作废了;有时,好像房屋的弧度过于弯曲,不够流畅,不方便出入,不利于通风,也不符合建筑美学,不利于以后新生儿的护理,它们就倒悬着或斜倚着身子,伏在建筑工地上,一口口地啄啊掰啊抹啊,就像我们伏在课桌上一笔一画修改作业。

连续好多天,燕子夫妻白天抓紧施工,晚上却不见了。它们晚上住哪里呢?

其实,堂屋的屋梁上,或我家的任何一间屋子,我们都是乐意接待它们过夜的。但是,燕子好像有自己的心事和处事的伦理,它们不愿打扰另外两对年长的燕子,也不愿意改变主人家的生活秩序。它们好像遵守着世代相传的道德禁忌:不能因为它们的到来,给春天添麻烦,给主人添麻烦。相反,它们要努力做到,因为它们的到来,春天欢喜,主人也欢喜。

那么,它们晚上住哪里呢?春天的夜里,天气还是很冷的。

那天黄昏,天下着小雨,它们衔完最后一趟泥,向我们亲热地打了几声招呼,又飞走了。我追着它们的身影,飞快地跑出去,跑向原野,我终于看见它们了。它们并肩依偎着歇在电线上,它们在冰凉的却汹涌着电流的电线上,在夜晚的寒风中,有时就在雨水里，它们紧挨着羽毛相互取暖，露天过夜。

吹拂着庄稼的夜风，旷野繁密的露珠和满天的星星，都见证了它们清贫的生活、高贵的品德和坚贞的爱情。

我急忙回到家里，在门前菜地里挖了些湿泥，准备搭起梯子，帮助燕子筑巢，让它们尽早住进新窝。

爹爹说：你娃真傻呀，燕子做的活你娃能做吗？鲁班能修宫殿，也修不了一个燕窝的。喜鹊窝只有喜鹊会修，蜂窝只有蜂儿会修，燕窝只有燕子会修。人家燕子筑窝，心里是揣着一张祖传的图纸的。你心里有那张图纸吗？

爹的话我信。爹会一些简单的木工，他知道心里有一张图纸是多么重要。

我觉得对不起燕子，在它们艰辛的时光，在这个泥泞的春天里，竟不能为它们帮一点忙，为春天帮一点忙。

亲眼看着一趟趟衔泥忙碌的燕子，看着燕窝一点点渐渐成型，我心里满含着敬佩、同情和惭愧，也满含着对这小小生灵的情感、智慧、技艺的猜想和崇拜。

它们的心里揣着怎样天长地久的心事？

它们那儒雅的燕尾服后面，揣着怎样的图纸？

小白

我怀念那条白狗。

是我父亲从山里带回来的。刚到我家,它才满月不久,见人就跟着走,过了几天,它才有了内外之分,只跟家里人走,对外人、对邻居它也能友好相处,只是少了些亲昵。我发现狗有着天生的"伦理观"和"社交能力"。不久,它就和四周的人们处得很熟,连我也没有见过的大大小小的狗们也常在我家附近的田野上转悠,有时就汪汪叫几声,它箭步跑出来,一溜烟儿就与它的伙伴们消失在绿树和油菜花金黄的海里。看得出来,它是小小的狗的群落里一个活跃的角色。我那时在上高中,学校离家有十五里,因为没钱在学校就餐,只好每天跑步上学,放学后跑步回家吃饭,然后又跑步上学,只是偶尔在学校吃饭、住宿。我算了一下,几年高中跑步走过的路程,竟达一万多里。这么长的路,都是那条白狗陪我走过来的。每一次它都走在我前面,遇到沟坎,它就先试着跳过去,然后又跳过来,蹭着我的腿,抬起头看我,示意我也可以从这里跳过去。到了学校大门,它就停下来,它知道那是人念书的地方,它不能进去,它留恋地、委屈地目送我走进校园,然后走开,到学校附近的田野里,等到我放学了,它就准时出现在学校门口,亲热地蹭着我,陪我从原路走回家。我一直想知道,在我上课的这段时间里,它是怎样度过的。有一天我特意向老师请了一节课的病假,悄悄跑出校园观察狗的动静。我到食堂门口没有找到它,它不是贪吃的动物;我到垃圾堆里没有找到它,它是喜欢清洁的动物;我到公路下面的小河边找到它了,它卧在青草地上,静静地看着它水里的倒影出神。我叫了它一声"小白"(因为它通体雪白),它好像从梦中被惊醒过来,愣愣地望了我一会儿,突然站起来舔我的衣角,这时候我看见了它眼里的泪水。那一刻我也莫名其妙地流出了眼泪,我好像忽然明白了生命都可能面对的孤独处境,我也明白了平日压抑我的那种阴郁沉闷的气氛,不仅来自生活,也来自内心深处的孤独。作为人,我们尚有语言、理念、知识、书本等等叫做文化的东西来化解孤独升华孤独,而狗呢,它把全部的情感和信义都托付给人,除了用忠诚换回人对它的有限回报,它留给自己的全是孤独。而这孤独的狗仍然尽着最大的情义来帮助和安慰人。这时候狗站在我身边,河水映出了我和它的倒影。

后来我上大学了,小妹又上高中,仍然是小白陪着妹妹往返。妹妹上学的境遇比我好一些,平时在学校上课、食宿,星期六回家，星期日下午又返回学校。小白就在星期六到学校接回妹妹，星期日下午送妹妹上学，然后摸黑返回家。我在远方思念着故乡的小白，想着它摸黑回家的情景，黑的夜里，它是一团白色的火苗。有一次我梦见小白走进了教室，躲在墙角看着黑板上的字，它也在学文化？醒来，我想象狗的脑子里到底在想什么，它有没有了解人、包括了解人的文化的愿望？它把自己全部交给人，它对人寄予了怎样的期待？它仅仅满足于做一条狗吗？它哀愁的深邃目光里也透露出对人、对它自己命运的大困惑。它把我们兄妹送进学校，它一程程跑着周而复始的路，也许它猜想我们是在做什么重要的事情，我们识了许多字知道了一些道理，而它仍然在我们的文化之外，它当然不会嫉妒我们这点儿文化，但它会不会纳闷：文化，你们的文化好像并没有减少你们的忧愁。

后来小白死了，据说是误食了农药。父亲和妹妹将它的遗体埋在后山的一棵白皮松下面，它白色的灵魂会被这棵树吸收，越长越高的树会把它的身影送上天空。那一年我回家乡，特意到后山找到了那棵白皮松，树根下有微微隆起的土堆，这就是小白的坟了。我确信它的骨肉和灵魂已被树木吸收，看不见的年轮里寄存着它的困惑、情感和忠诚。我默默地向白皮松鞠躬，向在我的记忆中仍然奔跑着的小白鞠躬。

放牛

大约六岁的时候,生产队分配给我家一头牛,父亲就让我去放牛。

记得那头牛是黑色的,性子慢,身体较瘦,却很高,大家叫它"老黑"。

父亲把牛牵出来,把牛缰绳递到我手中,又给我一节青竹条,指了指远处的山,说,就到那里去放牛吧。

我望了望牛,又望了望远处的山,那可是我从未去过的山呀。我有些害怕,说,我怎么认得路呢?

父亲说,跟着老黑走吧,老黑经常到山里去吃草,它认得路。

父亲又说,太阳离西边的山还剩一竹竿高的时候,就跟着牛下山回家。

现在想起来仍觉得有些害怕,把一个六岁的小孩交给一头牛，交给荒蛮的野山，父亲竟那样放心。那时我并不知道父亲这样做的心情。现在我想：一定是贫困艰难的生活把他的心打磨得过于粗糙，生活给他的爱太少，他也没有多余的爱给别人，他已不大知道心疼自己的孩子。我当时不懂得这简单的道理。

我跟着老黑向远处的山走去。

上山的时候，我人小爬得慢，远远地落在老黑后面，我怕追不上它我会迷路，很着急，汗很快就湿透了衣服。

我看见老黑在山路转弯的地方把头转向后面，见我离它很远，就停下来等我。

这时候我发现老黑对我这个小孩是体贴的。我有点喜欢和信任它了。

听大人说，牛生气的时候，会用蹄子踢人。我可千万不能让老黑生气，不然，在高山陡坡上，他轻轻一蹄子就能把我踢下悬崖，踢进大人们说的"阴间"。

可我觉得老黑待我似乎很忠厚，它的行动和神色慢悠悠的，倒好像生怕惹我生气，生怕吓着了我。

我的小脑袋就想：大概牛也知道大小的，在人里面，我是小小的，在它面前，我更是小小的。它大概觉得我就是一个还没有学会四蹄走路的小牛儿，需要大牛的照顾，它会可怜我这个小牛儿的吧。

在上陡坡的时候，我试着抓住牛尾巴借助牛的力气爬坡，牛没有拒绝我，我看得出它多用了些力气。它显然是帮助我，拉着我爬坡。

很快地,我与老黑就熟了,有了感情。

牛去的地方,总是草色鲜美的地方,即使在一片荒凉中,牛也能找到隐藏在岩石和土包后面的草丛。我发现牛的鼻子最熟悉土地的气味。牛是跟着鼻子走的。

牛很会走路,很会选择路。在陡的地方,牛一步就能踩到最合适、最安全的路;在几条路交叉在一起的时候,牛选择的那条路,一定是到达目的地最近的。我心里暗暗佩服牛的本领。

有一次我不小心在一个梁上摔了一跤,膝盖流血,很痛。我趴在地上,看着快要落山的夕阳,哭出了声。这时候,牛走过来,站在我面前,低下头用鼻子嗅了嗅我,然后走下土坎,后腿弯曲下来,牛背刚刚够着我,我明白了:牛要背我回家。

写到这里,我禁不住在心里又喊了一声:我的老黑,我童年的老伙伴!

我骑在老黑背上,看夕阳缓缓落山,看月亮慢慢出来,慢慢走向我,我觉得月亮想贴近我,又怕吓着了牛和牛背上的我,月亮就不远不近地跟着我们。整个天空都在牛背上起伏,星星越来越稠密。牛驮着我行走在山的波浪里,又像飘浮在高高的星空里。不时有一颗流星,从头顶滑落。前面的星星好像离我们很近,我担心会被牛角挑下几颗。

牛把我驮回家,天已经黑了多时。母亲看见牛背上的我,不住地流泪。当晚,母亲特意给老黑喂了一些麸皮,表示对它的感激。

秋天,我上了小学。两个月的放牛娃生活结束了。老黑又交给了别的人家。

半年后,老黑死了。据说是在山上摔死的。它已经瘦得不能拉犁,人们就让它拉磨,它走得很慢,人们都不喜欢它。有一个夜晚,它从牛棚里偷偷溜出来,独自上了山。第二天有人从山下看见它,已经摔死了。

当晚,生产队召集社员开会,我也随大人到了会场,才知道是在分牛肉。

会场里放了三十多堆牛肉,每一堆里都有牛肉、牛骨头、牛的一小截肠子。

三十多堆,三十多户人家,一户一堆。

我知道这就是老黑的肉。老黑已被分成三十多份。

三十多份,这些碎片,这些老黑的碎片,什么时候还能聚在一起,再变成一头老黑呢?我忍不住号啕大哭起来。

人们都觉得好笑,他们不理解一个小孩和一头牛的感情。

前年初夏,我回到家乡,专门到我童年放牛的山上走了一趟,在一个叫"梯子崖"的陡坡上,我找到了我第一次拉着牛尾巴爬坡的那个大石阶。它已比当年平了许多,石阶上有两处深深凹下去,是两个牛蹄的形状,那是无数头牛无数次地踩踏成的。肯定,在三十多年前,老黑也是踩着这两个凹处一次次领着我上坡下坡的。

我凝望着这两个深深的牛蹄窝。我嗅着微微飘出的泥土的气息和牛的气息。我在记忆里仔细捕捉老黑的气息。我似乎呼吸到了老黑吹进我生命的气息。

我忽然明白，我放过牛，其实是牛放了我呀。

我放了两个月的牛，那头牛却放了我几十年。

也许，我这一辈子，都被一头牛隐隐约约牵在手里。

有时，它驮着我，行走在夜的群山，飘游在稠密的星光里……

牛的写意

天空中飘不完云彩,没有一片能擦去牛的忧伤。

牛的眼睛是诚实的眼睛,在生命界,牛的眼睛是最没有恶意的。

牛的眼睛也是美丽的眼睛。我见过的牛,无论雌雄老少,都有着好看的双眼皮,长而善眨动的睫毛,以及天真黑亮的眸子。我常常想,世上有丑男丑女,但没有丑牛,牛的灵气都集中在它大而黑的眼睛。牛,其实是很妩媚的。

牛有角,但那已不大像厮杀的武器,更像是一件对称的艺术品。有时候,公牛为了争夺情人,也会进行一场爱的争斗。如果正值黄昏,草场上牛角铿锵,发出金属的响声,母牛羞涩地站在远处,目睹这因它而发起的战争,神情有些惶恐和歉疚。当夕阳"咣当"一声从牛角上坠落,爱终于有了着落,遍野的夕光摇曳起婚礼的烛光。那失意的公牛舔着爱情的创伤,消失在夜的深处。这时候,我们恍若置身于远古的一个美丽残酷的传说中。

牛在任何地方都会留下蹄印,这是它用全身的重量烙下的印章。牛的蹄印大气、浑厚而深刻,相比之下,帝王的印章就显得小气、炫耀而造作,充满了人间的狂妄和机诈。牛不在意自己身后留下了什么,绝不回头看自己蹄印的深浅,走过去就走过去了,它相信它的每一步都是实实在在走过去的。雨过天晴,牛的蹄窝里的积水,像一片小小的湖,会摄下天空和白云的倒影,有时还会摄下人的倒影。那些留在密林里和旷野上的蹄印,将会被落叶和野花掩护起来,成为蛐蛐们的乐池和蚂蚁们的住宅。而有些蹄印,比如牛因为迷路踩在幽谷苔藓上的蹄印,就永远留在那里了,成为大自然永不披露的秘密。

牛的食谱很简单:除了草,牛没有别的口粮。牛一直吃着草,从远古吃到今天,从海边攀缘到群山之巅。天下何处无草,天下何处无牛?一想到这里我就禁不住激动:地上的所有草都被牛咀嚼过,我随意摘取一片草叶,都能嗅到千万年前牛的气息,听见那认真咀嚼的声音,从远方传来。

牛是少数不制造秽物的动物之一。牛粪是干净的,不仅不臭,似乎还有着淡淡的草的清香,一位外国诗人曾写道:在被遗忘的山路上,去年的牛粪已变成黄金。记得小时候,在寒冷的冬天的早晨,我曾将双脚踩进牛粪里取暖。我想,如果圣人的手接近牛粪,圣人的手会变得更圣洁;如果国王的手捧起牛粪,国王的手会变得更干净。

在城市，除了人的浑浊气息和用以遮掩浑浊而制造的各种化学气息之外，我们已很少嗅到真正的大自然的气息，包括牛粪的气息。有时候我想，城市的诗人如果经常嗅一嗅牛粪的气息，他会写出更接近自然、生命和土地的诗。如果一首诗里散发出脂粉气，这首诗已接近非诗；如果一篇散文里散发出牛粪的气息，这篇散文已包含了诗。

鸟

万千生灵中最爱干净的莫过于鸟了。有生以来，我不曾见过一只肮脏的鸟儿。鸟在生病、受伤的时候，仍然不忘清理自己的羽毛。疼痛可以忍受，它们不能忍受肮脏。鸟是见过大世面的生灵。想一想吧，世上的人谁能上天呢？人总想上天，终未如愿，就把死了说成上天了。皇帝也只能在地上称王，统治一群不会飞翔只能在地上匍匐的可怜的臣民。不错，现在有了飞机、宇宙飞船，人上天的机会是多了，但那只是机器在飞，人并没有飞；从飞机飞船上走下来，人仍然还是两条腿，并没有长出一片美丽的羽毛。鸟见过大世面，眼界和心胸都高远。鸟大约不太欣赏人类吧，它们一次次在天上俯瞰，发现人不过是尘埃的一种。鸟与人打交道的时候，采取的是不卑不亢、若即若离的态度。也许它们这样想：人很平常，但人厉害，把山林和土地都占了，虽说人在天上无所作为，但在土地上，他们算是土豪。就和他们和平相处吧。燕子就来人的屋子里安家了，喜鹊就在窗外的大槐树上筑巢了，斑鸠就在房顶上与你聊天了。布谷鸟绝不白吃田野上的食物，它比平庸贪婪的俗吏更关心大地上的事情。阳雀怕稻禾忘了抽穗，怕豆荚误了起床，总是一次又一次提醒。黄鹂贪玩，但玩出了情致，柳树经它们一摇，就变成了绿色的诗。白鹭高傲，爱在天上画一些雪白的弧线，让我们想起，我们的爱情也曾经那样纯洁和高远。麻雀是鸟类的平民，勤劳、琐碎，一副土生土长的模样，它是乡土的子孙，从来没有离开过乡土，爱和农民争食。善良的母亲们多数都不责怪它们，只有刚入了学校的小孩不原谅它们："它们吃粮，它们坏。"母亲们就说："它们也是孩子，就让它们也吃一点吧，土地是养人的也是养鸟的。"

据说鸟能预感到自己的死亡。在那最后的时刻，鸟仍关心自己的羽毛和身体是否干净。它们挣扎着，用口里仅有的唾液舔洗身上不洁的、多余的东西。它们不喜欢多余的东西，那会妨碍它们飞翔。现在它就要结束飞翔了，大约是为了感谢这陪伴它一生的翅膀，它把羽毛梳洗得干干净净。

鸟的遗体是世界上最干净的遗体……

喜鹊

　　喜鹊这名字真是起神了。见多了天底下的鸟，就发现只有这喜鹊该被叫做"喜鹊"，不信，你试着把斑鸠叫喜鹊，它不像，它像个老学究，且是那种"述而不做"的学究，一年四季都在"注释"，说起话来也是咬文嚼字没有新意，更没有一点喜气；设若古人一开始就把麻雀叫"喜鹊"，那么后人是会更正的，它叽叽喳喳，像在说是道非，从它嘴里，好像听不到什么"喜"；燕子不能叫"喜鹊"，它太劳碌；白鹤不能叫"喜鹊"，它太高傲。

　　喜鹊，只能是这一种，只有它才是喜鹊。

　　它说话节奏很快，嗓音畅亮；羽毛黑里透白，一点严肃被轻盈的亮色冲淡；尾巴长长的，礼服是大了一些，看这装束，不正是旧时代那些主持喜庆仪式的文雅秀才？

　　它更像一个能说会道的小媳妇，很真诚，又有点轻薄，心里藏不下什么秘密，总要抖出来才能安静地过夜。新巢筑起来，它报喜；女婿回家了，它报喜；分娩了，它报喜；孩子满月了，它报喜；孩子分家了，它报喜；它终于老了，它报喜；它不能再向大家报喜了，它仍然拖着老迈浑浊的嗓子，向大家最后一次"报喜"，不过，有经验的老人却伤心起来，他们听见了不祥。几天以后，林子里或原野上，人们会发现一具喜鹊的遗体，原来，那最后一次"报喜"，是它在向大家告别呀。

望着榆树上那空空的鹊巢，老人的心里也空空的。不过，想起喜鹊不忧生、不惧死的一生，老人忽然有了顿悟，心里升起一种超然于物外的宁静。

鹊巢里又有喜鹊了。在充满忧患的日子里，它减轻了我们灵魂的负担；虽然，风雨经常袭击它的小屋，竹竿、子弹、毒药、天敌时时窥视着它，危险来自四面八方。喜鹊，你这纯真的鸟儿，你继承并保存了乐天的性格，你相信只要天空还有白云和彩虹，生活就不会总是灰色的。你不停地报喜，你似乎相信，只要不停地重复这古老的信念，天上地下，树上树下，总会好一些，总会多一些喜气的，至少不那么太糟……

鸟是懂得美感的

我仔细观察过两种鸟,发现它们是很懂得美感的。

斑鸠爱在屋顶上歇息,并发出悠扬的叫声,它们或结伴或单独停在那里,耐心地把一段古歌(也许是祖传的家训)反复演唱、朗读,有时整整一个下午就在那里做这一件事,就像我们专注地种地、数钱、打麻将、谈恋爱、做作业或玩电脑。而在有些屋顶,它们蹲一会儿,潦草叫几声就转身飞走了,而且很少再来这里。这是为什么?通过比较我知道了原因:它们不愿久待的屋顶,多是那些粗陋、灰暗的房子,屋顶也逼仄,平铺直叙,没什么起伏和特点。倒不是斑鸠嫌贫爱富,绝不是的,你看,那些贫寒人家简单的草房,斑鸠却喜欢蹲在草做的屋顶上聊天唱歌,它们喜欢草房的干净、柔软和芳香,而且,站在枯草上,能看见和欣赏田野及远山更多生长着的草色,这该是怎样的惬意呢。多数情形是,斑鸠选择的屋顶都明亮、大方、素洁,视野开阔;斑鸠还喜欢有适当装饰的那种屋顶,过去人们修房,无论贫富,都要在房檐和屋顶雕琢和装点些东西,多是喜鹊(暗示有喜)、蝙蝠(寓意多福),有时就是斑鸠的造型。你想,斑鸠与这么多同类在一起,甚至就与自己在一起,它会如何地欣喜?而且它发现房子的主人把它们这些长翅膀的看得这么重,捧得这么高,它会不会有些感动呢?斑鸠不喜欢什么大富大贵,我很少看见富翁大款们的豪宅别墅上有过斑鸠的身影。斑鸠是朴素的,清洁的,甚至也是清贫的,在它眼里,任何对财富的炫耀、对权力的炫耀、对身份的炫耀,都如同猎人对猎枪和子弹的炫耀,这令斑鸠不仅惧怕,而且厌恶,所以躲之唯恐不远。通过观察,我略知斑鸠选择屋顶的审美原则:不论贫富,但论明暗,朴素、大方、开阔是其首选。

野画眉体形简洁、娇小、精致,人们对它的生活方式和隐私所知甚少,我看见它的时候多是在河边、溪流边、水井边、水田边,或雨后原野上、道路旁的水滩边,这正是它饮水、进餐、玩耍的时候。它总是出现在有水的地方,说明它是水鸟的一种。在大一些的河边,有很多水鸟,但我几乎没见过它的身影,几次去海边,在东海、黄海和南海,我都留意有没有画眉,好像没有,至少我没看到。我看见它,都是在清浅、不起眼的水边,在小溪、小河、小水潭,在小小的水井边,在下雨后依然滴答着的屋檐下浅浅的水沟边。记得我很小的时候,村头水井上一年四季总是蹦跳着几只小画眉,啾啾叫着,看见人来挑水并不走远,而是退在一旁静静看着那弯腰取水的人，好像为不能帮忙而不好意思似的。它们似乎知道人与它们共用着一井水，所以从来没有发现它们往井里丢下任何不洁的东西。

不仅在水井，在所有画眉出没的水边，我都不曾见过它们随意抛下任何垃圾，只有地面上留下它们那细小的、令人怜惜的脚印，这细微的脚踏在任何事物上面，都不会造成伤害和疼痛，即使踏在花朵上，只会使花朵感到轻微的痒，感到春天手指的抚摸；即使踩在月光里，只会使月光误以为自己也有了体温，其实那是一只小小画眉通过它的脚向土地传递的小小的温暖。我至今还记得童年时，春天，屋檐上的冰凌化了，水一点点滴下来，几只小画眉沿着浅浅水沟排成一列，一边啄水，一边议论着什么，这是我听见的春天最清新的声音。去年回老家，特意看望村头那眼老井，井水仍很旺，很清，感叹祖先真会看风水，他们能望见地层深处的消息。不期而遇，我看见几只小画眉在井台上散步、戏耍，仍那么娇小、精致，好像还是我童年看见的那几只……

是的，总是在小小的、不起眼的有水有人的地方，出没着这娇小、美丽、不起眼的身影，它陪伴着那些不起眼的地方的不起眼的寂寞，陪伴着那些不起眼的人们的不起眼的日子，因了它，不起眼的一切就有了别样的意味，值得长久注目和凝视，比如我吧，常常觉得那些虽然不起眼但却干净、纯真的事物特别亲切和有趣，比如小小野画眉和它喜欢的那些不起眼的地方。由此，我总结画眉的美学思想：奉行"小的，就是美的"，崇拜清洁、清澈，善于在微观领域发现美的存在，体会微妙诗意；不知不觉间，它们也成了诗意的一部分。

水边,那只白鹤

星期天,我到河边散步,随身带了一本《昆虫记》,法国昆虫学家法布尔的名作,被誉为"昆虫的史诗"。这部书共有10卷,我今天带的是其中写蜜蜂、土蜂的那本。现在是4月,庄稼拔节,杂花满地,油菜花开得正盛,金黄色的波浪铺张成海洋,远远看见两个小孩手挽手从阡陌走过,很快就被花海淹没了,心里感叹:这是多么美好的失踪啊。走在植物之中,你不能不佩服植物的单纯和伟大,它们并没有用心策划,也不发什么宣言,只是简单地随了季节和阳光的感召,就让整个大地换了一个模样。这季节最幸福最忙碌的,当是蜜蜂们。它们纷飞于花海,吟唱于暖风,在空中开辟了无数通道,把春天的精华,运往它们的秘密工厂。

在蜜蜂们身边读关于蜜蜂的书,我想也许能读得更深入。虽然这是19世纪一位法国人写的法国蜜蜂,但我想,蜜蜂没有国籍,时间也不能轻易改变蜜蜂们爱花的本性和酿蜜的技艺,所以我要在这个春天里证实:我看见的蜜蜂和法布尔看见的蜜蜂,是大同小异的,都是宇宙间最优秀的蜜蜂。

我坐在临近河湾的一片油菜地边,"检阅"了数千只蜜蜂以后,我翻开书,读到第5页,在描写蜜蜂将花粉装入胸前的"花篮"这一段的时候,我抬起头来,想锁定某只蜜蜂,看看它们的"花篮"是否已经盛满,看看它劳作时的表情,听听它对春天、对花的评价。然而,当我抬起头,我竟看到了前面,芦苇轻摇的河边,站着一只白鹤。它长久地俯首凝视着水面。它肯定早已看见我了,但它并不留意我,也不戒备我,它只是低着头,看着流得很慢的水。

我吩咐自己,不要打扰它。白鹤是清高的生命,也是易受伤害的生命。我就与它保持距离。适度的距离,是自由的条件。与人打交道是如此,与自然打交道是如此,与鸟打交道肯定也是如此。

于是我又观察蜜蜂,公元2005年4月8日中国的蜜蜂,汉中的蜜蜂,土生土长的优秀蜜蜂。而《昆虫记》里,19世纪法兰西的蜜蜂们,仍飞翔在法布尔满含着惊奇的目光里。优秀的花,优秀的蜜蜂,优秀的文字,我对大自然中优秀的一切,充满了感恩的心情。

大约过了两个小时,我抬起头来,竟看见那只白鹤仍一动不动地站在原来的位置,低头凝视着水面。它不会是在那里等待鱼虾从水中跃出,据我以往的观察,白鹤在一个地方寻找食物,顶多过20分钟就要转移,灵性的鸟不犯"守株待兔"的错误。

那么它为什么要久立一处呢?

我不禁关切起它了。我合上书,离开旋绕在我身边的蜜蜂们,我绕着河湾轻轻靠近它,尽量不让它受到惊吓,在离它约5米的地方,我蹲下来,我想知道它在凝视什么。

我终于看见了,我也知道了。

它久久凝视着的,是自己在水中的倒影。

它每过大约10分钟,就将嘴伸向水里,仿佛要把水中它的影子噙出水面,然而让它想不到的是:它却因此将那影子弄丢了,荡漾的水纹,竟是漂亮而阴险的坟墓。

它于是伤心地注视水面,慢慢地,水纹消散,水面复归平静,那被掩埋的影子又活过来,越来越逼真,而且再一次走近它。

于是,它又将嘴伸向水里,比以前更小心地,它要把水中的影子噙出水面……

直到黄昏,蜜蜂们纷纷归去,它们遵守着数万年来的作息纪律;夕阳靠近远山,就要从唐朝的那个豁口里落下去;河水此时变得色彩黏稠而且有点喧闹起来。油菜花和各种植物的香气混合着,黄昏似乎是香气最浓的时候,然而我顾不得也没心思认真呼吸,我心里牵挂着。

它,那只白鹤,也该归去了?

然而，它还站立在那里，低头凝视着水面。远山在落日的背影里锃亮了一阵，渐渐暗下去，原野、河流也跟着暗了下去。暮色里，它的影子的轮廓变得模糊了，慢慢地消融于庞大的夜色里。但我始终不忍靠近它。我怕惊扰了它，有时候，惊扰也是一种伤害。天黑了许久了，我也没有听见有翅膀飞动的声音。肯定，它还在那里站着，注视着黑暗的水面。

我十分不安地离开河湾。我很内疚，我竟不能为它提供一点小小的帮助，也没有语言能劝说它。我无法让它走出这忧伤的河流。

我仅仅记下日记一则，表达我对另一种生命的同情和敬意。

我早就听说过天鹅交颈而死的故事，一对雌雄天鹅以这种决绝的方式殉了它们痛苦的爱情。鹤是水边仙子，对食物和婚恋也染了洁癖。对恋人从一而终，不是道德对它们的要求，而是天性使然。地上的大部分河流或污染或枯竭，但它们的情感依然保持着上古时代的清澈和纯真。如果夫妻一方遭遇不幸，健在的一方也常常忧郁而死。我今天就在河边目睹了令人伤怀的一幕。另一只可能已死于非命（饥饿而死、喝了污染的河水中毒而死或者被人用枪弹打死），这一只就来到它们往日生活过的河湾苦苦寻找，它看到水里走来了另一只，走来了它的爱人，于是它就反复地要将它噙出水面，它不知道那是它自己的倒影，它的虚幻的影子。它相信那是它的爱人，它相信它的爱人会走出水面。唉，这世界就是如此让人留恋又令人忧伤，甚至让人揪心地痛，蜜蜂们仍在为忘恩负义的人类酿蜜，而同时，在一条污染的河流的岸边，一只白鹤正在孤独忧郁地死去，比起既贪婪又浅薄而且没有操守的一部分人类来，这白鹤是多么高贵和值得尊敬啊！然而它必须死去吗？美的事物纯真的情感就必须这样结尾吗？美必须上演成悲剧才能让我们欣赏到悲剧美吗？今天的大部分时间我是在蜜蜂们身边度过的，然而它们的蜜，无法消除我内心的苦涩。明天，我是否要到河边去看看？然而我不忍去看，那伤心的水面，除了日益增加的污物，怕是什么都没有了……

为蚂蚁让路

我扛着行李远行，在路的转弯处，有一个水滩，蚂蚁们正在排队饮水。

我若只顾赶路，无视它们的存在，双脚踩下去，也许，一个王国就土崩瓦解了。

兴许是天意，就在这个瞬间，我的眼睛向下，我看见了它们。

与我保持相反的方向，它们排着整齐的队伍，在它们的宇宙里，在史前的洪水刚刚退潮的间隙，它们，这朝圣的队伍，膜拜着新发现的生命源头。

我的双脚犹豫了一会，接着停下来，我礼貌地，而且怀揣着尊敬，我站在它们面前，与它们保持着大约五厘米的距离。

仅仅隔着五厘米，我因而不是它们的死神，我因而成为它们的欣赏者和祝福者，在永恒的长路上，我因此改写了时间残暴的属性,我成为宇宙中最温柔的一瞬,最无害的一个细节。

仅仅隔着五厘米,一个我暂时不能与之对话的种族,得以保全它们的母语,不因我的闯入,而中断它们的神话和信仰。

仅仅隔着五厘米,一个我根本无权也没有能力治理的王国,得以保持完整的国土、江山、伦理和政治制度,而且继续繁荣兴旺。

仅仅隔着五厘米,它们那孤独的女王,避免了亡国的厄运,她的黑皮肤的臣民仍然忠实于她,在庞大的王国上奔走、劳碌、寻觅,维护着这古老的国家。

想一想,这么多表情一致、服饰一致、信仰一致、技艺一致的黑色的、颗粒状的生命,也在这它们根本不理解的庞大的宇宙里,为了一个简单的信仰,围绕一个孤寂的中心,忠心耿耿,风尘仆仆地远征着、辛苦着、历险着,想一想,这该是怎样惊心动魄的奇迹?

我礼貌地为它们让路,怀着敬意,我注视着它们在水潭边——在它们的大陆上新出现的大海边,排队饮水、洗脸,互相礼让并互致瞩目礼,然后带着湿润的心情,一边感恩,一边返回它们祖国的内陆。我目睹了整整一个王国的国家行为:在新生的大海边取水,并重订契约,确认对国家和女王的忠诚。

我真想请求它们中的某一位,为我领路,带我访问它们的国家,去拜见它们那德高望重、才貌双全,又难免有些孤独的女王。

然而我根本不具备这种能力和资格,这是一件比到遥远的外星会见另一种智慧更困难的事情。

我能做的,仅仅是礼貌地停下,为它们让路。

悼念一只鸡

我家仅有的这只白母鸡死了。

是星期天从市场上买回来的,本来准备当天就杀掉,看到它那样娇小,又那样文弱,在鸡的家族里,它还是一个正值青春期的少女,于是举起的刀就又羞愧地、负罪般地缩回去了,恨不得赶快隐居深山,重新变成一块慈祥的石头。

它的确很文弱,走起路来总是迈着细步,左顾右盼,好像怕跌倒;也许它胆怯,对它生存的环境充满戒备和不信任。它很少大声吵嚷,这也许是因为它的生活里没有令它欣喜若狂的事情发生,也许它生性安静,不喜欢嘈杂,不论是来自自身的嘈杂还是自身之外的嘈杂,它都一一谢绝了。它活得很静,至少表面上是这样。

奇迹发生了。一天中午,我看见它很着急地四处奔走和搜寻,像要做一件隐秘而重大的事情。

果然，一颗蛋生下来了，多不容易啊！它在纸屑箱里蹲了六十五分钟，这是怎样艰难的分娩啊！谁知道它为这第一次生育忍受了多少痛苦和磨难。

　　我捧起这还带着温热的蛋，久久端详着。蛋很小，比一般的蛋要小得多。我感激地望着这位小小的母亲。难为你了，你只是吃些剩饭糙米菜叶，却创造了这样洁白丰盈的作品，你送给我如此慷慨的礼物，我愧对这慷慨。

　　我每天都抽出时间关照它。早晨我打开它那简陋的房舍，让它能呼吸到最纯净的空气和阳光；黄昏，我细心地铺垫它的寝室，让它也有一处不错的梦乡。下雨了，我为它搭盖房檐，看着它雨地里浑身湿透的样子，真想对它说：朋友，避避雨吧，小心感冒。

　　我发现它越来越孤寂和凄清，无论它走着蹲着站着卧着，总透出一种孤弱无助的伤感。噢，它怎么不孤独呢？它远离了鸡的群落，而皈依人类，在自然的眼睛里，它已经属于人了；而在人的世界里，它只是一只鸡，一种家禽，一个生蛋的工具。它既属于自然又属于人，这就决定了它的宿命：它既不属于自然也不属于人，自然也可施虐于它，人也可施虐于它。它的确是孤弱而无助呵。

　　唉，为什么它是鸡呢？它为什么不是一只鸟呢？有翅膀而不能飞，该是怎样的不幸啊！

　　每一次给它喂食，我都想：如果它一夜之间变成一只鸟，对它，对我，该是如何地欣喜？

然而它死了。死于连日阴雨和营养不良造成的病痛。我很难受，一个鲜活、文静、洁白、孤独的生命离我而去了……

我想起它生病的前一天，它还为我生了一个蛋，蛋壳很薄，有些地方还没有完全弥合，可以看见里面的蛋黄色。我捧起那颗蛋，又感激又悲悯：鸡啊，你缺乏营养，几乎已经不能构造一颗完整的蛋，但还在为你不理解的这个世界提供营养。想到这里，我几乎掉泪了……

如果它不这样死去，而是活着，又该怎样呢？我不能再想下去了。

当晚就有梦：一个神话般美丽又缥缈的梦，我在梦中超度了它，这不幸的，白色的生灵，在我的梦里飞得很高很高——

它的翅膀跃动起来，复活了飞翔的天姿，它变成了一只白色的神鸟，往返于白云和雪山，鸣叫于旷野和江河，在坟墓和废墟的上空，划过一道又一道静美的雪光。

在命运之上，高高地回响着生命的赞美诗。……在梦里，我好像很欣慰，好像一直在微笑着……

对一只蝴蝶的关怀

初夏五月的一个上午，我去河边散步，看见河湾旁边一个小男孩和小女孩正在忙着什么，神情紧张专注，不时地小声商量着，好像面对着一件严重的事情。我轻轻走近他们，才看见他们正在营救那水面上盘旋挣扎的一只花蝴蝶。那蝴蝶也许翅膀受伤了，跌入水中又使翅膀过于沉重而无法飞行。小男孩用一枝柳条伸向水面，但柳条太短，小女孩又折了一枝柳条，解下自己的红头绳将两根柳条接起来，终于够着那只蝴蝶了，然而它仍然不配合孩子们，不知道赶快爬上这小小"生命线"，小女孩急忙摘下头上的蝴蝶形发卡，系在柳条的一端，让小男孩投向水面的蝴蝶附近，示意它：这是你的同伴来搭救你了，你不认识我们，你总该认识你的同伴吧。果然，弱小的蝴蝶蠕动了几下翅膀，缓缓地挨近这一只"蝴蝶"，缓缓地爬上这只"蝴蝶"结实的翅膀，小男孩慢慢地将柳条移向岸，它终于上岸了，两个孩子快乐得又说又笑。我以为事情到此结束了，然而，两个孩子又商量着这只蝴蝶今后的生活，牵挂着它的命运。他们小心地把蝴蝶放在阳光下的草地上正开放着的一丛野蔷薇花上，让它一边晒太阳，一边汲花蜜，但是，他们仍觉得这种安排不到家，他们担心贪嘴的鸟啄吃了这需要安静疗养的可怜蝴蝶，就采了几片树叶搭起一个简易的绿色避难所，将蝴蝶护在里面，他们相信，待它安静休息一些时候，伤口愈合，体力恢复，它就能旋舞在春天的原野。

今天上午我本来是不准备出门的，想待在家里读书或写作。不知道什么原因我还是出门了。多亏我走出门，在书之外，我读到了春天最纯洁、最生动的情节；在我小小的文字、生硬的键盘之外，孩子们和那只蝴蝶、那片水湾，组合成真正满含温情和诗意的意象。在我的思路之外，孩子们的思路才真正通向春天深处，通向心灵深处。

在回家的路上，我想了许多，首先我觉得我的善心比孩子们淡漠得多也少得多，或许我更关心的是自己的生存、利益、脸面、尊严，而对其他生命和生灵的生存处境及他(它)们所受到的伤害，并不是太关心，即使关心，也不是感同身受和倾力相助，即使关心了，也并非完全不求回报。总之，我觉得，仅就善良、纯洁这些人性中最美好的东西而言，我们不是与日俱增，而是与日俱减。人随着年龄的增长，阅世的加深，人性中的"水土流失"也会逐渐加剧，而流失的，恰恰是善良、纯洁这些人性的好水土，内心的河流渐渐变得混浊，泥沙俱下。细想来，这是多么可惜的事情。人性的好水土流失了,纯真情怀少了,实用理性多了,率真少了,算计多了,在这一多一少的增减过程里,人们的情感和心灵,就渐渐出现轻度或重度荒漠化了,由这样的荒漠化的人组成的社会,岂不是大沙漠?那时不时呼啸着扑面而来、飞沙走石、遮天蔽日的,莫不是人性的沙尘暴?

那两个可爱的孩子,他们是这个早晨的天使。他们对一只蝴蝶的同情,对事物的爱,是真正出自善良的天性和纯洁的内心。除了爱,他们没有别的动机,爱在爱中满足了。不求回报的爱,才是大爱、真爱。不求回报的爱,也许才会获得事物本身乃至整个大自然更丰厚的回报。试想,孩子们在拯救一只受伤生灵的过程中,内心里漾溢着怎样纯洁的愿望和爱的激情,这种内心体验,本身就丰富了孩子们的情感世界,化作他们宝贵的精神资源和美好记忆。在培植美好事物的时候,内心的愉快是任何东西都无法带来的愉快,你给世界带去了一点希望,同时你的生命也被这点希望之光照亮。那只蝴蝶当然不会飞到这两个孩子家的花园里向他们点赞致意。但或许,整个原野和春天,都会从孩子们善良行为中受益,若干年后,甚至几百年几千年后,如果有某种险些灭绝而终于没有灭绝的花卉,它在一次神奇的转机中获得了再生,成为某个城市的市花,或成为某个国家的国花,也许这美丽的花,它的命运就与一只蝴蝶有关,与这只蝴蝶的一次及时传花授粉有关,与两个孩子有关,与若干年前,那个五月的早晨有关……

第五辑 山川寂静,河流无声

就让我做一会儿溪水吧,
让我从林子里流过,
绕花穿树、跳涧越石,
内心清澈成一面镜子,
经历相遇的一切,
心仪而不占有,
欣赏然后交出。

父亲的露珠

一

每个夜晚,广阔的乡村和农业的原野,都变成了银光闪闪的作坊,人世安歇,上苍出场,叮叮当当,叮叮当当,上苍忙着制造一种透明的产品——露珠。按照各取所需的原则,分配给所有的人家,和所有的植物。高大的树冠,细弱的草叶,谦卑的苔藓,羞怯的嫩芽,都领到了属于自己恰到好处的那一份。那总是令人怜惜的苦菜花瘦小的手上,也戴着华美的戒指;那像无人认养的狗一样总是被人调侃的狗尾巴草的脖颈上,也挂着崭新的项链。

数千年来,"均贫富"这个农业社会的朴素理想,从来就没有真正实现过。倒是,在大自然的主持下,"均美丑"的美学理想却实现了。至少,在夜晚,在清晨,草根阶层的家门前,劳动者的原野上,到处都是美好清洁的露珠,叮当作响,闪闪发光。就在我家那座朴素的老屋前,夜晚的露珠,清晨的钻石,不知比那远离土地、远离劳动、远离大自然的别墅豪宅,要多了多少倍。

二

看看这露珠闪耀着的原野之美吧。你只要露天走着、站着或坐着,你只要与泥土在一起,与劳动在一起,与草木在一起,即使是夜晚,上苍也要摸黑把礼物准时送到你的手中,或挂在你家门前的丝瓜藤上。这是天赐之美、天赐之礼、天赐之福——总之,天赐之物多半都是公正的。天不会因为秦始皇腰里别着一把宝剑,而且是皇帝,就给他的私家花园多发放几滴露珠,或特供给他一条彩虹。相反,秦始皇以及过眼烟云般的王侯将相、富豪贵族,他们占尽了人间风光和便宜,但他们一生丢失的露珠是太多太多了。比起我那种庄稼的父亲,他们丢失了自然界最珍贵的钻石,上苍赐予的最高洁的礼物——露珠,他们几乎全丢失了,一颗也没有得到。我卑微的父亲却将它们全部拾了起来,小心地保存在原野,收藏在心底,他那清澈忠厚的眼睛里,也珍藏了两粒露珠——做了他深情的瞳仁。

比起那些巧取豪夺、不劳而获,双脚很少接触土地和草木,双手从来没有接触过露珠,也没有用这清露之水洗过手洗过心的人,我清贫的父亲,一生里却拥有着无穷的露珠。若以露珠的占有量来衡量人的富有程度,我那种庄稼的父亲,可谓当之无愧的富翁。

三

物换星移,被强人霸占的金银财宝,总是又被别的强人占了去。

而我的父亲把他生前保存的露珠,完好地留给了土地,土地又把它们完好地传给了我们。今天早晨我在老家门前的菜地里,看到的这满眼露珠,它们就是父亲传给我的。

美好和透明是可以传承的,美好和透明,是无常的尘世唯一可以传承的永恒之物。如果不信,就在明天早晨,请看看你家房前屋后,你能找到的,定然不是什么祖传的黄金白银宝鼎桂冠,它们早已随时光流逝世事变迁而不知去向,唯一举目可见、掬起可饮的,是草木手指上举着的、花朵掌心捧着的清洁的露珠,那是祖传的珍珠钻石。

四

这是农历六月的一天,早晨,天蒙蒙亮,我父亲开了门,先咳嗽几声,与守门的黑狗打个招呼,吩咐刚打过鸣的公鸡不要偷吃门前菜园的菜苗。而菜园里的青菜们,远远近近都向父亲投来天真的眼神,看见父亲早早起来第一件事就是关心它们,它们对父亲一致表示感谢和尊敬。有几棵青笋竟踮起脚向父亲报告它们昨夜又长了一头。父亲点点头夸奖了它们。

然后,父亲扛着那把月牙锄,哼一段小调,沿小溪走了十几步,一转身,就来到了那片荷田面前,荷田的旁边是大片大片的稻田,无边的稻田。父亲很欢喜,但他却眯起了眼睛,又睁大了眼睛,然后又眯了几下眼睛。好像是什么过于强烈的光亮忽然晃花了父亲的眼睛。过了一会儿,他的眼神才平静下来。父亲自言自语了一句:嘿,与往天一样,与往年一样,还是它们,守在这里,养着土地,陪着庄稼,陪着我嘛。

父亲显然是被什么猛地触动了。他看见了什么?

其实也没什么稀奇的。父亲看见的,是闪闪发光的露珠,是百万千万颗露珠,他被上苍降下的无数珍珠,被清晨的无量钻石团团围住了,他被这在人间看到的天国景象给照晕了。荷叶上滚动的露珠,稻苗上簇拥的露珠,野花野草上镶嵌的露珠,虫儿们那简陋地下室的门口,也挂着几盏露珠做的豪华灯笼。父亲若是看仔细一些,他会发现那棵车前草手里,正捧着六颗半露珠,那第七颗正在制作中,还差三秒钟完工;而荷叶下静静蹲着的那只青蛙的背上,驮着五颗露珠,它一动不动,仿佛要把这一串宝石,偷运到一个秘密国度。

父亲当然顾不得看这些细节。他的身边、他的眼里、他的心里,是无穷的露珠叮当作响,是无数的露珠与他交换着眼神。

我清贫的父亲也有无限富足的时刻。此时,全世界没有一个国王和富豪,清早起来,一睁开眼睛就收获这么多的露珠。

五

钢筋和水泥浇铸着现代人的生活,也浇铸着大地,甚至浇铸着人心。城市铺张到哪里,钢筋和水泥就浇铸到哪里。哨兵一样规整划一的行道树,礼仪小姐一样矫揉造作的公园花木,生日点心一样被量身定做的街道草坪——这些大自然的标本,草木世界的散兵游勇,只能零星地为城市勾兑极有限的几滴露水。露珠,这种透明、纯真,体现童心和本然、体现早晨和初恋的清洁事物,已难得一见了,鸟语、苔藓、生灵、原生态草木、土地墒情氤氲的雾岚地气也渐渐远去。

就在明天,我要回一趟故乡,那里的夜晚和早晨,那里的山水草木间,那里的人心里,那里的乡风民俗里,也许,还保存着古时候的露珠和童年的露珠,还保存着父亲传下来的露珠。

瀑

赞美瀑布的诗文太多太多了。文人们对瀑布的激情也是一道滔滔千古的瀑布。

打开唐诗宋词，便有瀑布之声从时间深处传来，打湿我干涸的思念。

真该感谢瀑布：它滋润了诗人的情怀，洗涤了画家的心胸，浇灌了一代代赤子们的创造激情！

每一次我来到瀑布面前，或远远地看见瀑布的身影，总是激动不已，欲狂欲歌！

它来了，它从命运的高处来了！它兴冲冲地来了！如儿童追逐一只彩蝶，如少年捕捉一个幻影，如青年赶赴一次约会；它来了，它跑着笑着唱着舞着，它越跑越快，越笑越开心，越唱越激动，越舞越狂热！

它来不及选择，它别无选择，它也不想选择。它跌落下来，重重地跌落下来，从高高的悬崖跌入深深的峡谷！

没有听见它的叹息，更没有听见它的哭声。我听见的是海潮，海潮，海潮，依旧是海潮。

我听见纯真的笑，迷狂的笑，灿烂的笑。

我听见十万群山一片笑的和声。

瀑布碎了，水复活了，水沸腾了，雪浪，雪浪，雪浪……

瀑布来了，又来了，它每一刻都在壮丽地死去，每一刻都在庄严地新生。不停降临的瀑布，分娩着层出不穷的雪浪。

不间断地受难，不间断地死去，不间断地涅槃，不间断地体验着生与死的大喜悦！

高潮陷落在深渊，深渊里涌动滔滔不息的高潮！

瀑布的一生，是高潮迭起的一生！

柔弱的水，女性的水，阴郁的水，在悬崖上，在忘情奔流的途中，写着大智大勇大起大落的传记！

我有水的气魄吗？如果我所追寻的真理隐藏在寂寞阴冷的深谷，我敢拒绝头顶云霞的诱惑，毅然从悬崖上跳下，去殉我的道吗？

我有水的意志吗？不舍昼夜，不拒涓流细雨，心系一处，情注一方，以坚韧得近乎愚蠢的耐心，以百年千载为一个工时，把顽石打磨成细细的沙粒！

我有水的纯洁吗？不管地壳裂变，阴阳错乱，候鸟变换着格言，云雾修改着脸谱，水的女儿，不改冰清玉洁的品性，升天入地，依旧是晶莹明洁的赤子心。纵使在绝望的命运里跌碎了，也是明亮的碎片，干净的颗粒。

我有水的忠诚吗？天真地活着，坚贞地爱着。不羡慕南面的金山，东面的银山，西面的铜山，爱上了这北山，就千年万载厮守着它的清寒、孤独和庄严。当金山垮了，银山倒了，铜山裂了，依旧唱着对北山的初恋。北山寒冷而高峻，北山的峰顶有古老的积雪，那是爱的源头，高洁的爱总是在人迹罕至的地方发源……

先是淙淙，再是潺潺，浩浩过了，滔滔过了，在创造与歌唱中，挥洒着透明的激情，然后汇入江海，化为无限的广阔与浩瀚，酝酿另一次新生，构思另一次壮丽的起源。

瀑布，以经典的方式，把水的品质大写在天地之间。

读瀑，我读到了我的浑浊、平庸和贫弱。我的生命早已熄灭了激情，仅有的只是死水和微澜。

在瀑布的大生大死面前，我知道我是个苟活者；在瀑布的大激情面前，我顿悟我往日的那些自以为很壮烈的情感，只不过是池塘里泛起的泡沫；在瀑布的大手笔面前，我发现我写的那些文字，包括"大师"们制造的那些所谓"经典"，多半是燥热、昏蒙的夜晚，耐不住寂寞的蛙们的妄言。

终生囚禁在悬崖上,终生是自由的歌者。

时时刻刻在死去,时时刻刻在诞生。

我想做一次瀑布,从高高的悬崖,向深深的命运,纵身一跃……

夜晚的河流

远远地,我听见河流的声音,那是一个熟睡的老人,梦境里发出的鼾声。

我轻轻走过去。轻轻地,我不能冒失地走近一位长者。我怀着尊敬的心情,去探望沉入睡梦中的孤独老人。

我看见了河流的睡相。在蒸腾的夜气里,在灰白的雾帐下面,他枕着冰冷的石头,裸身睡在古老的河床。

河流的身体多么柔软和修长,服从坚硬的地理,他弯曲着睡眠,他一路折叠了多少波涛?

我站在河流的身边,我站在一位躺着沉思的老人身边。我不必问他在想什么,他的每一滴水都是思想。

即使最平静的时候,他仍然在记忆深处,抚摸过去年代的沉船。

我根本不能想象,一个老人白发后面积压了多少霜雪;我根本不能想象，一条河流的身体里埋着多少世纪的闪电。

即使在最黑的夜晚，河，仍然睁着明亮的眼睛，河不会迷路。没错，即使河闭着眼睛，也能到达他的目的地。

谁都陪伴过他，谁都很快离开了他。石头陪他一程，很快变成沙粒；鸟陪他一程，很快变成幻影；人陪他一程，很快变成传说；苍茫里，一条孤独的河自己走着自己。

谁不曾被河流照料？谁不曾听过河流的叮咛？即使最残忍的暴君，他也不能靠嗜血度过一生，当他渴了，端起盛水的碗，他是否也会看见，河流那仁慈的眼神？

我们似乎不知道，在这唯一一次的人生里，能与河流相遇，是怎样的幸运？这是万古一次的相遇，一条河环绕我们短促的一生。可是我们一次次辜负了河流，也伤害了河流。河给予我们清澈，我们报之以浑浊；河给予我们辽阔，我们报之以阻塞；河给予我们甘泉，我们报之以污秽；我们把恶毒的欲念抛给他，把手中的垃圾抛给他，把胡言乱语抛给他……

饱受凌辱的河流，默默地转过身去，一次又一次原谅了我们，在夜色深处，他独自吞咽着那难以下咽的食物，把痛苦的泥沙埋进心底。

此时，我弯下腰，把手伸进河流，我感到了河水的清凉，我知道，这是河流在为燥热的我降温，在为因高烧而龟裂的岸降温。

我继续弯着腰，用双手搅动河流，我想制造一点波浪和漩涡，河水随着我的手起伏了片刻，又很快恢复了平静，我由此知道：一生一世，我对河流的影响，比一条鱼对河流的影响，要小得多。

我躺下来，与河流并排躺在黑夜的床上，我好像躺在伟大祖先的身旁，与他一道流过万古千秋。一卷卷史书，被我一页页展开，一页页打湿，一页页翻过。你听啊，随便打开一本书，总是哗啦啦的声音，那正是河流的声音。

我躺下来，与河流并排躺在黑夜无边的床上。像河流那样坦荡入睡真是幸福啊，没有噩梦没有鬼怪，宽广的梦境里覆盖着全宇宙的星光。

我躺着，我想象着，河流的心里一定怀着一个简单的期待：与他相遇的人们，都是纯真的孩子，干干净净地走过或游过这一段湿润的时光，他将收藏他们干干净净的身影。

我躺着，我想象着：河流走着走着就把自己走丢了，当他一觉醒来，看见了海，却找不到自己，那时候，他该是何等惊慌？

我知道，我的到来并没有减少河流的寂寞，这位习惯于躺着沉思的老人，仍然像远古那样，怀抱着巨大的孤独和感伤……

沿河流行走 /

河是如何转弯的

　　河的最好看的地方是转弯的地方。

　　越看越觉得，这个弯转得恰到好处。只有转过一个弯又转过一个弯，在转过很多弯之后，这条河才如此耐看。

　　那缓缓转过的大弯，形成了妩媚、宽广的河湾，河走到这里已见多识广了，河要从容地深呼吸，河要与两岸做一次长谈。于是，河放慢自己，时间和生活都放慢了，太阳落山的速度也放慢了，野花、芳草、树木、游鱼，都在这里驻足，岸上游玩的中学生，也时常停下来，向水底那些白云和星星，学习清澈的语言。

　　河的上游，峡谷仄逼，转不过身的河水，只好在险峻处急转弯，急浪陡立，激流飞雪，能听见憋屈的河水，如雷的气喘，河在乱石里擦着身子侧着身子弓着身子，河终于把自己射了出去。

那射出去的都是河的血泪，河的破碎的灵魂。

总是这样，急转弯，慢转弯，转了许多弯之后，一条河才成为从容吐纳、波澜不惊的大河。

这就是为什么在河的下游，很少听见喧哗、咆哮的声音，转了许多弯之后，河已经有了足够的气度，能容纳岸上和天上掉下的一切，河已经看见了大海，河不需要再说什么了……

河　床

河也有床。河躺在床上做着川流不息的梦。

河躺着。从远古一直到此刻。河不停地转弯改道，那是它在变换睡眠的姿势。

远远看去，河的睡相很安详。那轻轻飘动的水雾，是它白色的睡衣，时时刻刻换洗，那睡衣总是崭新的。

远远地听，河在低声打着鼾，那均匀的呼吸，是发自丹田深处的胎息。河是超然的、恬静的，它睡着，万物与它同时入静，沉入无限澄明的大梦。

河静静地躺着。天空降落下来，白云、星群降落下来，也许待在高处总是失眠，它们降落下来，与河躺在一个床上，河，平静地搂着它们入梦。

一只鸟从河的上空飞过，它的影子落下来。于是它打捞自己的影子，它把更多的影子掉进河里了。于是世世代代的鸟就在河的两岸定居下来，它们飞着、唱着、繁衍着、追逐着，它们毕生的工作，就是打捞自己掉进河里的影子。

河依旧静静地躺着。河床内外的一切都是它梦中展开的情节。

河躺着。它静中有动，梦中有醒。阔大的梦境里有着沸腾的细节。河躺着，它的每一滴水都是直立着的、行走着的、奔跑着的。一滴水与另一滴水只拥抱一秒钟就分手了。一个浪与另一个浪只相视一刹那就破碎了。一滴水永远不知道另一滴水的来历，一条鱼永远不知道另一条鱼的归宿。波浪，匆忙地记录着风的情绪；泡沫匆忙地搜集着水底和水面的消息，然后匆忙地消失了。仿佛美人梦中的笑，醒来，连她自己也不知道她曾经笑过。

匆忙，匆忙。每滴水都匆忙地奔跑着，匆忙地自言自语着，匆忙地自生自灭着。远远地我们看不见这一切细节，我们只看见，那条河静静地躺在床上。

有谁看见，河床深处，那些浑身是伤的石头？

野　　河

在无人烟的地方流着。喂养一些野草、野花、野兔、野鹿，以及很野很野的风景。

是一条无人垂钓和捕捞的河。鱼们游在自己的家里，不安全来自它们内部，与烹调无关。鳖长得很大，放心地上岸晾晒它们的盔甲，一如隐士，晾晒古老的经书。

树随意长着。正直的、弯曲的，高接云天的大树和不思进取的灌木，纷然杂陈，互相衬托，各自都不识自己的魅力，只顾欣赏对方的魅力，最后大家都成了魅力。材与不材是林子外面的看法，树，只欣赏对方身上的叶子。

花可以开在任何地方。水走到哪里花就追到哪里。于是蜜蜂和蝴蝶都有了飞行的路线。

野鹿来到河边饮水，为自己美丽的影子忧愁，难怪它总是横遭追捕。它想象，水的深处，是否有一片安静的林子，使它能躲过那些凶残的牙齿？鹿，望着河水发呆，河水也望着鹿发呆。

一些石头横七竖八地守在河边，或卧、或蹲、或静、或动、或黑、或白、或丑、或俊，全都憨厚慈祥，时间一样沉默。河心的石头，制造了许多漩涡和泡沫，自己却一无所知。

水鸟来了，许多鸟都来了。鹦鹉发现自己太小了，与天空不般配，却正适合自己管理自己。鹤惊讶于自己的白，羡慕乌鸦的黑；乌鸦惊讶于自己的黑，羡慕鹤的白。它们都从水里发现了自己也看见了对方，它们全都想变成对方。河水哗哗地笑着，打断了它们的胡思乱想：也无黑，也无白，也无大，也无小，都是好影子。

水草茂密，安静地铺张着远古的绿色。芦苇于晚风中摇曳，无数温柔的箭簇，射向岁月，射向水天一色的苍茫……

忽然，前面出现了桥。先是木桥。有汲水女子从桥上走过，流水捧起她害羞的身影；她缓缓地走向鸡鸣鸟唱的村庄，走向静静升起的炊烟。

接着是铁桥、水泥桥，无数钓竿垂向河面，无数道路伸向河面，无数轮胎滚过河面，无数尘埃扑向河面。

河结束了它的"野史"。河浑浊，河淤塞，河渐渐断流，渐渐枯竭。一片荒滩出现在我面前……

林中溪水

一条大河有确切的源头,一条小溪是找不到源头的,你看见某块石头下面在渗水,你以为这就是溪的源头,而在近处和稍远处,有许多石头下面、树丛下面也在渗水,你就找那最先渗水的地方,认它就是源头,可是那最先渗水的地方只是潜流乍现,不知道在距它多远的地方,又有哪块石头下面或哪丛野薄荷附近,也眨着亮晶晶的眸子。于是,你不再寻找溪的源头了。你认定每一颗露珠都是源头,如果你此刻莫名其妙流下几滴忧伤或喜悦的泪水,那你的眼睛、你的心,也是源头之一了。尤其是在一场雨后,天刚放晴,每一片草叶,每一片树叶,每一朵花上,都滴着雨水,这晶莹、细密的源头,谁能数得清呢?

溪水是很会走路的,哪里直走,哪里转弯,哪里急行,哪里迂回,哪里挂一道小瀑,哪里漾一个小潭,乍看潦草随意,细察都有章法。我曾试着为一条小溪改道,不仅破坏了美感,而且要么流得太快，水上气不接下气似在逃命，要么滞塞不畅好像对前路失去了信心。只好让它复走原路，果然又听见纯真喜悦的足音。别小看这小溪，它比我更有智慧，它遵循的就是自然的智慧，是大智慧。它走的路就是它该走的路，它不会错走一步路；它说的话就是它该说的话，它不会多说一句话。你见过小溪吗？你见过令你讨厌的小溪吗？比起我，小溪可能不识字，也没有文化，也没学过美学，在字之外、文化之外、美学之外，溪水流淌着多么清澈的情感和思想，创造了多么生动的美感啊。我很可能有令人讨厌的丑陋，但溪水总是美好的，令人喜爱的，从古至今，所有的溪水都是如此的可爱，它令我们想起生命中最美好纯真的那些品性。

　　林中的溪水有着特别丰富的经历。我跟着溪水蜿蜒徐行，穿花绕树，跳涧越石，我才发现，做一条单纯的溪流是多么幸福啊。你看，老树掉一片叶子，算是对它的叮咛；那枝野百合花投来妩媚的笑影，又是怎样的邂逅呢？野水仙果然得水成仙，守着水就再不远离一步了；盘古时代的那些岩石，老迈愚顽得不知道让路，就横卧在那里，温顺的溪水就嬉笑着绕道而行，在顽石附近漾一个潭，正好，鱼儿就有了合适的家，到夜晚，一小段天河也向这里流泻、汇聚，潭水就变得深不可测；兔子一个箭步跨过去，溪水就抢拍了那惊慌的尾巴；一只小鸟赶来喝水，好几只小鸟赶来喝水，溪水正担心会被它们喝完，担心自己被它们的小嘴衔到天上去，不远处，一股泉水从草丛里笑着走过来，溪水就笑着接受了它们的笑……我羡慕这溪水，如果人活着，能停止一会儿，暂不做人，而去做一会儿别的，然后再返回来继续做人，在这"停止做人的一会儿里"，我选择做什么呢？就让我做一会儿溪水吧，让我从林子里流过，绕花穿树、跳涧越石，内心清澈成一面镜子，经历相遇的一切，心仪而不占有，欣赏然后交出，我从一切中走过，一切都从我获得记忆。你们只看见我的清亮，而不知道我清亮里的无限丰富……

山中访友

走出门，就与含着露水和栀子花气息的好风撞个满怀。早晨，好清爽！心里的感觉好清爽！

不骑车，不邀游伴，也不带什么礼物，就带着满怀的好心情，哼几段小曲，踏一条幽径，独自去访问我的朋友。

那座古桥，是我要拜访的第一个老朋友。德高望重的老桥，你在这涧水上站了几百年了？你累吗？你把多少人马渡过彼岸？你把滚滚流水送向远方，你躬着腰，俯身吻着水中的人影鱼影月影。波光明灭，泡沫聚散，岁月是一去不返的逝川，唯有你坚持着，你那从不改变的姿态，让我看到了一种古老而坚韧的灵魂。

走进这片树林，每一株树都是我的知己，向我打着青翠的手势。有许多鸟唤我的名字，有许多露珠与我交换眼神。我靠在一棵树上，静静地，以树的眼睛看周围的树，我发现每一株树都在看我。我闭上眼睛，我真的变成了一株树，脚长出根须，深深扎进泥土和岩层，呼吸地层深处的元气，我的头发长成树冠，我的手变成树枝，我的思想变成树汁，在年轮里旋转、流淌，最后长出树籽，被鸟儿衔向远山远水。

你好，山泉姐姐！你捧一面明镜照我，是要照出我的浑浊吗？你好，溪流妹妹！你吟着一首小诗，是邀我与你唱和吗？你好，白云大嫂！月亮的好女儿，天空的好护士，你洁白的身影，让憔悴的天空返老还童，露出湛蓝的笑容。你好，瀑布大哥！雄浑的男高音，纯粹的歌唱家，不拉赞助，不收门票，天生的金嗓子，从古唱到今。你好呀，悬崖爷爷！高高的额头，刻着玄奥的智慧，深深的峡谷漾着清澈的禅心，抬头望你，我就想起了历代的隐士和高僧，你也是一位无言的禅者，云雾携来一卷卷天书，可是出自你的手笔？喂，云雀弟弟，叽叽喳喳说些什么？我知道你们是些纯洁少年，从来不说是非，你们津津乐道的，都是飞行中看到的好风景。

捧起一块石头，轻轻敲击，我听见远古火山爆发的声浪，我听见时间的隆隆回声。拾一片落叶，细数精致的纹理，那都是命运神秘的手相，在它走向泥土的途中，我加入了这短暂而别有深意的仪式。采一朵小花，插上我的头发，此刻就我一人，花不会笑我，鸟不会羞我，在无人的山谷，我头戴鲜花，眼含柔情，悄悄地做了一会儿美神。

忽然下起阵雨，像有一千个侠客在天上吼叫，又像有一千个喝醉了酒的诗人在云头朗诵，又感动人又有些吓人。赶快跑到一棵老柏树下,慈祥的老柏树立即撑起了大伞。满世界都是雨,唯我站立的地方没有雨,却成了看雨的好地方,谁能说这不是天地给我的恩泽?俯身凝神,才发现许多蚂蚁也在树下避雨,用手捧起几只蚂蚁,好不动情,蚂蚁,我的小弟弟,茫茫天地间,我们有缘分,也做了一回患难兄弟。

雨停了。太阳像刚出浴的美人,眉目间传递出来的尽是温柔的神情。一弯虹桥也落成了,两座大山正好做了它的桥墩。修一座天堂是这么简单,只需要一阵雨的功夫,真想踏上那虹桥,一步走向天国。又一想,我上了虹桥去看什么呢?还不是看虹桥下的好山好水好意境?那么,我就站在这虹桥下,岂不既看了天国又看了地国?我,一个凡人,岂不阅尽了天上人间的风光?于是决计不登那虹桥。那虹桥好像知道了我的心事,一会儿功夫,就悄悄不见了。

幽谷里传出几声犬吠,云岭上掠过一群归鸟。我也该回家了。于是,轻轻地招手,惜别了山中的众朋友,不带走一片云彩,只带回满怀的好心情好记忆,顺便还带回一路月色……

缓慢流淌的河

我故乡那条河很美,很清澈,很温柔。

那是一条缓慢流淌的河。

她为什么流得那样缓,那样慢呢?

我沿河行走,仔细观察她的河岸、河湾、河心、河滩,以及两岸的树林、草地、村庄。

我想知道她缓慢的原因。

早起的渔船会让她兜许多圈子;扎猛子的鸭们也让她必须画圆一个又一个漩涡;产卵的鱼逆水上行,河就慢慢儿送他们一程,更有那戏水的孩子们把密集的水花儿缀在身上;河边歇息的大伯把双腿伸进水里,她就停一会儿仔细抚摸那粗糙的皮肤,还捧起沙粒轻轻按摩他结满老茧的脚底;有时,一头过河的黄牛贪恋河风的清凉,就站在水里用尾巴系住一朵朵波浪;七八头水牛结伴儿蹚进河心,像军舰一样停泊在深水区,只把头仰在水的外面向天空喷吐泡沫……以上种种难以一一叙及的事物,都会放慢她流淌的速度。

晌午,准备做饭的大嫂们来到河边,将一只只水桶放下去又提上来,一部分河水就走进了村庄的水缸、灶台和生活,炊烟知道自己的根源在哪里,它们绕来绕去就绕到河的上空,似乎在安慰因它们而减少流量降低了流速的河流,生怕她延误了下游。

在开满野花的河湾,洗衣的姑娘们,会把各色衣服泡在水里,反复揉搓;也把各色的心情泡在水里,反复揉搓。这条河有多少河湾呢?河湾里有多少姑娘在洗衣呢?我没有统计,其实也根本无法统计清楚。一条河就被她们反复揉搓着,说不定,每一滴河水都在姑娘们的手中逗留过,然后,带着她们的手温和手纹,不情愿地返回河里。这美好的停留,放慢了河流的速度,河,因此有了深度,有了不为人知的许多细节。

在偏僻的河段,会有一些从远方归来的人,来到老柳树下,坐在古老的石头上,这恰好是他小时候坐过的石头,饱经沧桑的身体重叠于年少轻狂的记忆。他掬起河水,看它一点点从指缝漏尽,属于一个人的时间也是这样一点点漏尽;他撩起河水,看那一层层水花一直坚持到河心,然后被一个波浪带走;他久久地凝望河面,他相信,河流的内涵已经被他改变,就像生活的内涵已经把他改变。一条丰富的河流,总是忙于接纳、沉淀和自净,始终保持了清澈的内心。河,在他的影子里放慢了流速,似乎不忍心再让他的影子有半点破碎。

而在夜晚，裸浴的月亮刚刚出水，准备返回半空，哗，多半条银河就落进河中，天上的河要与地上的河交换波光交换心事。牛郎和织女同时在两条河里对望着，他们的爱情要经过两次以上的考验，人间天上同时有多少眼睛注视着他们，河水似乎停止了流动，生怕万一涨潮，冲毁了那已经快要搭好的鹊桥……就有一个喜欢夜吟的诗人，来到河边，也来到天河的岸边，河，就在他的心里拐几个弯，流进一首诗，蜿蜒成他的语言……

就这样，一条河形成了缓慢的流速，她也满足于这缓、这慢。缓慢地，她不急于带走太多东西，而是让掉进河里的一切，比如雨水、落叶、雪、虹、石头或女孩子的发卡，都有沉淀的机会和重新上岸的机会。缓慢地，她不忽略任何事物，她耐心地为每一个投来的倒影造像。即使一只鸟的倒影，她也要让它完整地呈现；即使一弯残月的倒影，她也要用每一个夜晚，去仔细修复它的创伤，直到它重新浑圆；即使一个简陋的水瓢，她也要让它盛满。人们从她这里听到的，总是不急不慌的絮语。

是的，在她的缓和慢里，两岸的人们似乎并没有失去什么，即使失去了什么，他们至少没有失去缓和慢，以及在温柔的缓慢里，看到和想到的许多细节。

而这条缓慢流淌的河，并没有因此耽误她的下游。属于她的下游，属于她的海，一直在远方等候着。

……对故乡那条河流的考察，已过去好多年了。不知她现在的流量如何？流速如何？不知她现在是否仍清澈见底？不知我当年看见的那些动人情景，现在是否还能够看到？

在一切都变得越来越快，也越来越燥热的现代天空下，不断传来关于河流的噩耗（污染、断流、干枯），使我不由得产生了恐惧的联想：那条美好的河，缓慢的、温柔的，呈现着自然的神性之美和人间的诗性之美的河，会不会断流？

我一定要返回故乡，就在明天出发，我一定要去看望那条河流。

雪界

一夜大雪重新创造了天地万物。世界变成了一座洁白的宫殿。乌鸦是白色的,狗是白色的,乌黑的煤也变成白色的。坟墓也变成白色的,那隆起的一堆不再让人感到苍凉,倒是显得美丽而别具深意,那宁静的弧线,那微微仰起的姿势,让人感到土地有一种随时站起来的欲望,不断降临和加厚的积雪,使它远远看上去像一只盘卧的鸟,它正在梳理和壮大自己白色的翅膀,它随时会向某个神秘的方向飞去。

雪落在地上,落在石头上,落在树枝上,落在屋顶上,雪落在一切期待着的地方。雪在照料干燥的大地和我们干燥的生活。雪落遍了我们的视野。最后,雪落在雪上,雪仍在落,雪被它自己的白感动着陶醉着,雪落在自己的怀里,雪躺在自己的怀里睡着了。

走在雪里,我们不再说话,雪纷扬着天上的语言,传述着远古的语言。天上的雪也是地上的雪，天上地上已经没有了界限，我们是地上的人也是天上的神。唐朝的雪至今没有化，也永远都不会化，最厚的积雪在诗歌里保存着。落在手心里的雪化了，这使我想起了那世世代代流逝的爱情。真想到云端去看一看，这六角形的花是怎样被严寒催开的？她绽开的那一瞬是怎样的神态？她坠落的过程是垂直的还是倾斜的？从那么陡那么高的天空走下来，她晕眩吗？她恐惧吗？由水变成雾，由雾开成花，这死去活来的过程，这感人的奇迹！柔弱而伟大的精灵，走过漫漫天路，又来到滚滚红尘。落在我睫毛上的这一朵和另一朵以及许多，你们的前生是我的泪水吗？你们找到了我的眼睛，你们想返回我的眼睛。你们化了，变成了我的泪水，仍是我的泪水。除了诞生，没有什么曾经死去。精卫的海仍在为我们酿造盐，杯子里仍是李白的酒李白的月亮。河流一如既往地推动着古老的石头，在任何一个石头上都能找到和我们一样的手纹，去年或很早以前，收藏了你身影的那泓井水，又收藏了我的身影。抬起头来，每一朵雪都在向我空投你的消息，你在远方旷野上塑造的那个无名无姓的雪人，正是来世的我……我不敢望雪了，我望见的都是无家可归的纯洁灵魂。我闭起眼睛，坐在雪上，静静地听雪，静静地听我自己，雪围着我飘落，雪抬着我上升，我变成雪了，除了雪，再没有别的什么，宇宙变成了一朵白雪……

唯一不需要上帝的日子，是下雪的日子。天地是一座白色的教堂，白色供奉着白色，白色礼赞着白色。可以不需要拯救者，白色解放了所有沉沦的颜色。也不需要启示者，白色已启示和解答了一切，白色的语言叙述着心灵最庄严的感动。最高的山顶一律举着明亮的蜡烛，我隐隐看到山顶的远方还有更高的山顶，更高的山顶仍是雪，仍是我们攀缘不尽的伟大雪峰。没有上帝的日子，我看到了更多上帝的迹象。精神的眼睛看见的所有远方，都是神性的远方，它们等待我们抵达，当我们抵达，才真正发现我们自己，于是我们再一次出发。

唯一不需要爱情的日子，是下雪的日子。有这么多白色的纱巾在向你飘，你不知道该珍藏哪一朵凌空而来的祝福。那么空灵的手势，那么柔软的语言，那么纯真的承诺。不顾天高路远飞来的爱，这使我想起古往今来那些水做的女儿们，全都是为了爱，从冥冥中走来又往冥冥中归去。她们来了，把低矮的茅屋改造成朴素的天堂，冷风嗖嗖的峡谷被柔情填满，变成宁静的走廊。她们走了，她们运行在海上，在波浪里叫着我们的名字和村庄的名字，她们漫游在云中，在高高的天空照看着我们的生活，她们是我们的大气层、雨水和雪。

唯一不需要写诗的日子，是下雪的日子。空中飘着的、地上铺展的全是纯粹的诗。树木的笔寂然举着，它想写诗，却被诗感动得不知诗为何物。于是静静站在雪里，站在诗里，好像在说：笔是多余的，在宇宙的纯诗面前，没有诗人，只有读诗的人；也没有读诗的人，只有诗；其实也没有诗，只有雪，只有无边无际的宁静，无边无际的纯真……

夜走巴山

天黑下来，我仍在山野里行走，山影嶙峋交错，仿若剑戟铿锵，再现古代某个严酷战阵。我想起那些厮杀、血腥和悲凉的牺牲，心里划过惊惧和悲悯。此时，星星依次出现，很快布满天宇。视野渐渐亮开，山影变得敦厚温和，细细山路在月光下蜿蜒，如持续流淌的乳汁。我感到了无情宇宙在无意识里呈现出的几分仁慈。为了一个小小的夜行者，宇宙竟然动用了它的全部照明设备：北斗星、织女星、天狼星、天蝎星、天琴星、室女星……此时全都在为我满负荷工作，那凶猛天狼，也在为我殷勤发电照明。头顶上的每一颗星星，全都以每秒三十万公里的神速，向我空投光芒和柔情。

此时，我行走在群山的皱褶里，我也行走在浩荡的天意里。

嚓，嚓，嚓，连续三颗流星划过头顶靠南的天空，山巅似有被灼痛的云絮，凌乱飘起。山村的狗们，大声狂吠，对天空发出持续质疑和询问。由于天文学知识过于匮乏，它们的发问比起它们的祖先，显得毫无长进，仍止于纪元前的幼稚和天真。尽管，流星们在天上制造了不少的动静，挑逗了无知的狗们的猜测和询问，却丝毫未打断避暑山庄里富豪们的赌局，那掷骰子的声音，盖过了银河的潮汐，删除了天上的动静。熟谙经济学的精明赌徒们，陶醉于他们的天文数字，却不需要也不屑于别的什么天文学，不需要也不屑于向天空注目和发问，除非星辰坠落，为他们降落下大量黄金和巨额利润。

我对那些对天发问的无知的狗们，竟有了几分尊敬，它们，仍保持着上古的天真，对尘世和天上的动静，发出好奇的追问。

隔着一个山涧，走在山路上的我，看见了不远处的高速公路，几乎与我并排而行。我看见一辆辆呼啸的车，一组组飞旋的轮胎，我看见疾驰的现代，载着时光和欲望，弃我而去，弃我而去。

我，一个步行的人，一个保持着古代行走方式的人，一个对现代水土不服的人，一个迈着农业的步子慢行的人，与咆哮的工业和狂奔的现代，礼貌地保持了距离，我绕开了它的快，我坚持着我的慢。

它们，狂奔的铁、轮胎们、现代们，一路弃我而去，很快都超越了我，扔下了我。我索性掉头，折进一个山湾，四周是无边密林，林间一泓碧水。这时，我才忽然发现：现代已载着现代远去，我留了下来，留在古代的密林，留在古老的深山。

抬起头,我看见了山间的月亮,被林涛和山风梳洗得眉清目秀的月亮,它不慌不忙地漫游在李白的苍穹,行走在苏东坡的意境里,仔细抚摸着山上的苔藓和留下始祖鸟爪痕的玄武岩——那上面保留着两亿年前时光的表情。

这时候,我恍然大悟"白驹过隙"这个词的深意。

这时候,我才知道:所谓高速的现代,只是现代自己快速删除自己的一种程序。现代载着现代快速离去,最终能留下来的,注定还是大地、青山、始祖鸟的玄武岩和李白的明月。

已是后半夜了,明月西斜,天河渐落,山影隐约。早起的鸟开始集体朗读,山野有鸡鸣声起。路边,几户农家的灯陆续亮了,我在其中一家的院子里停下,主人是一位六十多岁的老人,他说儿子儿媳在外地打工,他与老伴种地,带着上小学三年级的孙子,还养着一头奶牛。他一边挤奶一边说,山里不缺草,牛吃得好,奶多。提前把奶挤了,等会把奶卖给奶贩子,他们又卖给城里的奶厂。他说趁这老骨头还能动,挣一点补贴家用,也给自己准备点养老钱。我蹲下来,看他挤奶。奶牛温顺地站着,它不计较那哗哗流进奶桶里的是什么,它似乎陶醉于释放的快感,或者,它知道那是什么,它只觉得放养它的人有恩于它,青草和溪流有恩于它,那流出去的都不是它的,是天的,是地的,是人的,而属于它的身体,还原封不动在它这里,这已让它很满足。

星光照在奶牛身上,照在老人身上,被星光雕塑的老人和奶牛，宛如黎明的神灵。奶桶已经快盛满了，而牛奶还在注入，星光也在注入，满当当的桶里，荡漾着星光和牛奶。我再一次从老人脊背和奶牛的脊背向天穹望去，我看见，那渐渐沉落而暗淡的银河，似乎已向宇宙献出了足够多的乳汁……

我把幽谷还给幽谷

鸟路过，说几句闲话，飞了。

风路过，摇几下草木，走了。

云路过，投几封天书，散了。

时光的影子移动着。但幽谷没有时光，幽谷在历史之外，在时代之外，在人迹之外。幽谷是时光的隐士，隐逸在人世之外。

岩石肃穆，涧水凛冽；花草尚未被命名，正好安于无名的自在；虫儿尚未被归类，正好在昆虫学之外逍遥；野蘑菇穿上一生里只穿一次的好看衣裳，野美一阵，就很快藏了，怕被谁没收了这份野。

厚厚的苔藓，幽蓝的坐垫，但并不期待谁来落座，苔藓自己坐着自己，顺便接待了永恒，这一坐，就是万古千秋。

幽草的睫毛，掩映着泉眼，那眸子，大约只见过大禹的背影，就再没有见过别的背影。偶尔有画眉、云雀，来泉边会面，眸子们就互相对望着，天真凝视着天真，天真与天真相遇了，它们同时看见了宇宙的天真。

那天，我从滚滚红尘里出走，越荒原，披荆棘，攀巉岩，过险崖，沿一窄逼峡沟深入，经九曲八折，穿五洞十滩，终于摆脱了手机捆绑，远离了商业追捕，逃出了资讯轰炸，终于，我脚蹬女娲留下的岩石，手攀盘古种植的老藤，我扶着一片白云，降落下来，嗬，眼前一亮，我来到一个神秘谷地。

大约是第一次，被一个携带着时光尘埃的人闯入，幽谷有些惊慌，我的足音，我喘息的声音，我吃干粮的声音，我喝水的声音，我打嗝的声音，我叽里呱啦自言自语的声音，我少见多怪大呼小叫的声音，我自以为是胡乱点评的声音，我敲击石头的声音，都被放大，四周的山发出令我感到古怪的回声——那声音是我制造的，幽谷又原封不动还给我。

看来，幽谷喜幽，它讨厌多余的声音。

看来，幽谷喜净，它害怕被红尘发现，被俗眼锁定。

看来，幽谷有洁癖，它恐惧被出租被买卖被践踏被蹂躏。

作为闯入者，我不该久待在这里，我不该打扰甚至终结它亘古以来的幽静，如果因了我的闯入和泄密，将一个时代过剩的欲望洪流引向这里，我不仅毁了幽谷的贞操，也毁了这个世界仅存的一点纯真。

静静地，我呼吸着它保存的公元前的清气，领略着它的幽旷气象和天真之美，心魂，变得悠远、澄澈，又无比温柔。

轻轻地，我走了，不带走一片云彩。

我走时，白云正在漫过来，漫过来，似乎要擦拭我留下的痕迹。

恍惚间，回转身，幽谷倏然不见，我已不辨东西，不知此夕何夕，不知此身何处，只看见满山白云。

我把幽谷还给幽谷。

野地

野地并不很野,就在城的郊外。

在随便什么时辰,暂时逃离城市,到野地去呼吸,去想些什么或什么也不想,就一心一意感受那野地,是我的一门功课。

野地有很多树。柳树、松树、槐树,还有叫不出名字的灌木。它们不仅供给我清新的空气,也免费让我欣赏鸟儿们的音乐会,且是专场,聆听、鼓掌都是我一人。黄鹂的中音,云雀的高音,麻雀的低音,布谷鸟抑扬有度的诗朗诵。报幕的是斑鸠吧,清清朗朗的几句,全场顿时寂静;接着出场的是鹦鹉,不像是学舌,是野地里自学成才的歌手;路过的燕子也丢下几句清唱,全场哗然;喜鹊拖着长裙出场了,它像是不大谦虚也不留情面的音乐评论家:"叽叽喳喳"——它是说"演出很差"?于是众鸟们议论纷纷,议论一阵就暂归于寂静。然后,它们四散开去,各自找自己的午餐。

林子的外面长满了草，招引来三五头牛或七八只羊。牛有黑有黄，羊一律的白。羊口细，总是走在前面选那嫩的草，那么认真地咀嚼着，像小学生第一次完成作业。我抚摸一只小羊的犄角，它作出抵我的样子，眼睛里却是异常的天真温良，它是在和我开玩笑。那抵过来的角，握在手里热乎乎的，它一动不动地让我握着，我们彼此交换着体温和爱怜。我顺手递给它一株三叶草，又握了握它的角，说了一声"好孩子"，却再也说不出下面的话，因为我忽然想起了我穿过的那件羊皮袄。我觉得我对不起这些可爱又可怜的羊，它们是多么纯真的孩子啊。正想着，一头大黑牛走过来，它埋头吃草，就像我埋头写诗，都是物我两忘的境界。一个小土坎它却爬得很吃力，我这才发现它是怀孕的母亲，脖颈上有着明显淤着血的疤痕，怀孕期间它仍在负重拉犁？我走过去，急忙牵起缰绳拉它一把，它上来了，感激地望着我，我看见了它眼角的泪痕。我向它点点头，示意它快些吃草，祝福它身体健康，分娩顺利，一路平安。我的心里多少有点苦涩，贴近哪一种生命，都觉得它们很美丽，也很苦涩。我终止了我的联想。我看见，远处那头黑牛，仍不时地抬起头望我……

　　野地的边缘有一小块瓜菜地。包菜一层一层包着自己内心的秘密，像一位诗人耐心地保存着自己最初的手稿。芹菜仍如古代那么质朴，青青布衣，是平民的样子，也是平民的好菜。红萝卜，通红的小手仍在霜地里找啊找啊，在黑的泥土里它总能找到那么鲜红的颜色。南瓜不动声色地圆满着自己，据说南瓜在夜晚长得最快,特别是在月夜,那么它一定是照着月亮的样子设计着自己,它把月光里的好情绪都酿成内心里的糖。西瓜像枕头,却无人来枕它做梦,我就睡在这枕头上,果然睡着了,梦见我也变成了一个西瓜,在大街上乱滚,差点碰上了钢铁和刀子。于是我又返回到野地,我掐一掐自己,想尝尝,却感到了痛。于是我醒来,看见西瓜仍然自己枕着自己酣睡。

这时,我隐隐听见了水声,野地的前方是一条河,我看见它微微露出的脊背,白花花的脊背,它摸着黑赶路。是子夜了,月亮悄悄地升起来,月光把野地镀成银色。星星们把各种几何图案拼写在天上,地上有几处小水洼,临摹着天上的图案,也不注意收藏,风吹来,就揉碎了。恰好有几片云小跑着去找月亮,月亮也小跑着躲那些云,云比月亮跑得快,月亮终于被遮住了。

星光照看着野地,有些暗,但很静,偶尔传出几声蝈蝈叫,我能听出它们的雌雄……

月光下的探访

今夜风轻露白，月明星稀，宇宙清澈，月光下的南山显得格外端庄妩媚，斜坡上若有白瀑流泻，那是月辉在茂密青草上汇聚摇曳，安静，又似乎有声有色，斜斜地涌动不已，其实却一动未动，这是层出不穷的天上雪啊！

我爬上斜坡，来到南山顶，是一片平地，青草、野花、荆棘，石头都被月色整理成一派柔和，蝈蝈弹奏着我熟悉的那种单弦吉他，弹了几万年了吧，这时候曲调好像特别孤单忧伤，一定是怀念着它新婚远别的情郎。我还听见不知名的虫子的唧唧夜话，说的是生存的焦虑、饥饿的体验、死亡的恐惧，还是月光下的快乐旅行？在人之外，还有多少生命在爱着、挣扎着、劳作着、歌唱着，在用它们自己的方式撰写着种族的史记？我真想向它们问候，看看它们的衣食住行，既然有了这相遇的缘分，我应该对它们提供一点力所能及的帮助，它们那么小，那么脆弱，在这庞大不可测的宇宙里生存是怎样的冒险，是多么不容易啊。然而，常识提醒我，我的探访很可能令它们恐惧，最大的帮助就是不打扰它们。慈祥的土地和温良的月光会关照这些与世无争的孩子的。这么一想我心里的牵挂和怜悯就释然了。

我继续前行，我看见几只蝴蝶仍在月光里夜航，这小小的宇宙飞船，也在无限地做着短促的飞行，在力所能及的范围内探索存在的底细，花的底细。此刻它们是在研究月光与露水相遇，能否勾兑出宇宙中最可口的绿色饮料？

我来到山顶西侧的边缘，一片树林寂静地守着月色。偶尔传来一声鸟的啼叫，好像只叫了半声，也许忽然想起了作息纪律，怕影响大家的睡眠，就把另外半声叹息咽了下去——我惊叹这小小生灵的伟大自律精神。我想它的灵魂里一定深藏着我们不能知晓的智慧。想想吧，它们在天空上见过多大的世面啊。它们俯瞰过、超越过那么多的事物，它们肯定从大自然的灵魂里获得了某种神秘的灵性。我走进林子，看见一棵树上挂着一个鸟巢。我踮起脚发现这是一个空巢，几根树枝、一些树叶就是全部的建筑材料，它该是这个世界最简单的居所了，然而就是它庇护了注定要飞上天空的羽毛。那云端里倾洒的歌声，也是在这里反复排练。而此时它空着，空着的鸟巢盛满宁静的月光，这使它看上去更像是一个微型的天堂。

如果人真有来生，我希望我来生只是一只阳雀鸟或知更鸟，几粒草籽、几粒露水就是一顿好午餐，然后我用大量时间飞翔和歌唱。我的内脏与灵魂都朴素干净,飞上天空,不弄脏一片云彩,掠过大地,不伤害一片草叶。飞累了,天黑了,我就回到我树上的窝——我简单的卧室兼书房——因为在夜深的时候,我也要读书,读这神秘的寂静和仁慈的月光。

在虹的里面

下了一阵毛毛雨,那些云就不知去向,太阳又在西边眉开眼笑了。天蓝得已不像是天,女娲补好不久的天,一定就是这么蓝吧。山色已失去了层次,一律的葱翠,浓浓的,像在涌动,像在商量着要把这么好的山色一直坚持下去,从五月坚持到十月,最好坚持到来年的五月。东边的山与西边的山交换着眼神,南面的山与北面的山交换着眼神,树与树交换着眼神,草与草交换着眼神,我站在这密集的眼神中间,我的身体和灵魂里落满了这绿的眼神,这芬芳透明的眼神。我整个儿也变绿了,变得芬芳透明了。

我索性就仰躺在山梁上,躺在草上,躺在露水珠珠上,闭着眼睛,我感受着被山色溶化的幸福。忽然觉得有了轻微、神秘的动静,觉得自己的身体在上升,灵魂在上升,周围的露珠和水汽在低声地,然而快乐地说着我听不懂的话。一定有什么事情要发生了。是什么事情呢？我睁开眼睛，我要验证这美妙的预感。天哪，你知道我看见了什么？一架虹，已经在我的附近修造好了，在翠绿的山色和湛蓝的天色之上，升起了这么迷人的七色长虹，通向天堂的桥就这么悄悄地竣工了。大美不言啊，这无言的大美，是从天地间提取，又映照于天地，令天地感动。这也是得之不易的美啊，想一想，一年有几次虹？一生中有几次虹？风雨的日子很多，风雨之后得见彩虹的时刻极少。再想一想，这世界人造的铁桥、石桥无以计数，而虹桥有几座呢？这是神造的桥啊。我们总是望天，望上帝的天空，望人生的天空，望什么呢？星辰的位置千古不变，宿命千古不变，但是我们仍然望天，我们是希望人生的天空出现奇迹，在必然的命运里出现偶然的奇迹，在冰冷的脸上出现动人的微笑。我们是在等待虹的出现啊，在难免暗淡的岁月里有一个妩媚的、生动的时刻。这必是一个可遇不可求的时刻，其神秘不亚于宇宙初创生命初现。风雨、斜阳、水露、云雾、天光、山色、地气、阴阳相合、晴雨交叠，天地互动，才提炼出这缤纷的时刻。人生中那些生动的时刻，被爱与信仰提炼、照亮的时刻，不正如这虹的出现一样，是生命里晴雨交叠而提炼的精华部分？

还是专注地看虹吧。虹就在我的附近，我的呼吸、我身上的水珠和周围的水珠肯定都变成虹的一部分了。我的心跳也或多或少影响着虹的造型。我的目光肯定也被虹吸收了，变成虹的一部分。甚至我的心情也感染着虹，我激动无比的时候，我发现虹也在隐隐颤动。

忽然我感到四周的草叶在轻轻摇晃，黄昏的第一批露珠提前出现，一些微响自空而降，光的碎屑落满我的身体，晶莹的水滴落在我的手指和脸上，落在我的心上。一种忧伤从骨髓里升起，离别的伤痛弥漫了我。我知道已到了告别的时刻。其实已经告别。天，空空荡荡，一个伟大的梦想显现了又消失了。一次动人的爱情降临了又结束了。一个美丽的灵感占有了我又放弃了我。虹，消失了，悄悄地，犹如它悄悄地出现。此刻，梦醒之后的天空，有点空虚，有点茫然，它无法把握自己，它虽然暂时把握过梦境，但它无法把握梦醒后的自己，它只能把它无限的有些空洞的辽阔，交给星群和夜晚。

我站起来，在虹消失的地方，我代替虹开始回忆。我整个儿是潮湿的，身体里充盈着缤纷的光色。虹离开我走了，我曾是虹的一部分，虹把我留下来。就这样我收藏了虹，在我的内心。

你也许不知道，虹的一个桥墩，就搭在我的身上，也就是说，我当时曾是虹的一部分，是天堂的一部分。你在远处看虹的时候，我在南山上，在虹的里面。在那超现实的幻美意象里，我是最写实的细节。

第六辑 心中的月亮袅袅升起

人生最大的欣慰和快乐,
来自心灵的感动,
当我们向万物敞开怀抱的时刻,
当我们与美好的人、美好的事物
相遇并投去深情凝视的时刻,
我们感到欣悦和幸福。

善良的人才拥有心灵的花园

　　一颗善良的心灵，才是宽广的心灵。因为没有狰狞的石头竖起奇形怪状的界桩，心灵就有了无限的空间。

　　善良的人会受到恶的伤害。但他不会责怪自己的善良，他也不会责怪别人的不善良，他会这样想：可能是因为善良的总量还是不够多，留下了空白，恶就出现了，去填充那些空白，他这样想的时候，内心里又增加了一分善良。

　　一个人如果因为自己的善良而受到伤害，就放弃善良，这不全是因为恶的力量有多强大，而是他内心里的善隐藏着恶，当外部的恶袭来，内心里的恶就开始起哄，内外联手的恶，就这样击倒了善良。

　　不是恶有多强大，而是我们内心里的叛军帮助了恶使之变得强大，共同捣毁了我们的灵魂。

　　善良的人常常关心别人，他为别人的痛苦而痛苦，为别人的幸福而幸福；不善良的人也常常关心别人，他为别人的痛苦而幸福，为别人的幸福而痛苦。

嫉妒导致恶，极端的嫉妒导致邪恶。一个妒心太重的人，也是恶意最多的人，也是痛苦最多的人：他总是从别人的微笑、成功、喜悦里感到自己的失败。这种失败感会积累发酵成仇恨，仇恨使内心变得更加一阴一暗。而一阴一暗的人生是多么苦闷的人生。由此可见，恶毁坏着人生，只有善能拯救人生。

一个真正善良的人，不会考虑善良会换来什么。善良不是投资，不是赚取利润的产业。当一个人开始计较善意和善行的回报，他已开始远离善：回报小就行小善，无回报就不行善，而如果行恶反而得到了行善所得不到的好处呢？

行善过程中的虔诚、洁净、幸福感，就是善的最高回报。一个真正善良的人，他会从善的过程中获得喜悦，过程之外的东西，与心灵无关。

走在善良的路上，偶尔被恶伤了一下，只当作被石头碰了一下，仍然走在善良的路上，像河流一样走过蛮山恶谷，一直走下去，就走进了海——走进了至大至深、包容一切的至善。

帮助一只鸟，拯救一只溺水的蝴蝶，友爱地抚摸一只羊的瘦脸，翻书时同情地注视一粒在纸页间穿行的小小书虫，在原野上长久地望着一朵不知名的野花微笑，并认真地为它取一个美丽的名字，好像只有这样才对得起春天的原野——你从这些小小的善意里体会着一种纯洁的幸福。没有人知道你为什么如此快乐。这快乐是小的，是秘密的，对于心灵，却是最贵重的。太大的动静会吓跑心灵。心灵经常享用这小的快乐、小的善良、小的秘密，心灵就丰富神秘了。一个善良的人才拥有真正的心灵花园。

目光

据说目光是有质量、有重量的，也是有湿度、有温度的。我经常体会着目光落在身上或心上，那种灼烫感、尖锐感、潮润感、温暖感、压迫感。

我想，我们生命的重量，当然不只是身体的重量，在这方面，我们的朋友们很多都强过我们，比如猪、牛、马、驴，海里的鲸、森林里的大象等等，常常，我们精心喂养一生的身体，到头来很可能不够一个大型动物的重量的零头。

但我们并不觉得自己一生的饭白吃了，人白活了。我们觉得自己的一生虽然谈不上轰轰烈烈德高望重，但还是积攒了一些东西的。

积攒了些什么呢？情感？故事？思想？伤痕？记忆？

这些都是，又不都是。

依我看，我们积攒的，主要是一些目光。

当我们记起某种情感时，回忆的筛子就在意识的深海打捞起一缕一缕目光，于是我们记起了目光后面的某一双眼睛，温柔的，潮湿的，或热烈的。

当我们记起某些往事时，未必能搜索到具体的场景和情节，事件已经淡成云雾，但是，隐约在事件上空的那些目光，往往如同闪电，已经扎根在过去的夜幕上。

当我们记起某个思想时，总是在一个眨眼的瞬间，一眨眼，突然眼前亮了，心中的某个角落亮了，精神的某个房间亮了，于是我们重新进入这个思想，并被这个思想照亮。为什么一眨眼间，就重逢某个思想？那是因为，一眨眼间，我们的眼睛记起了某种目光，沉思的、焦虑的、顿悟的、狂喜的、澄明的。而那思想，正是由这样的目光浇铸而成。

为什么我们记起某些往事时，心上和身上会有温暖或滚烫的感觉？那肯定是我们的体内，存放着温暖或滚烫的目光。

为什么我们记起某些场景时，心上和身上会有被碎玻璃扎伤的感觉，甚至会有锥心锥骨的感觉？当你锁定这些场景，在深处找寻，一定能找到几束凶狠、敌意的目光，或者找到几缕失望、忧伤、悲凉的目光。从这些目光，你会想起谁让你受到伤害，你又让谁受到伤害。

我见过多少人？几十年下来，恐怕也有几十万上百万人次了吧？以一天平均相遇五十人计算（包括旅行，那每天匆忙相遇的人数不下数万），四十余年里，少说也有近百万了。这么多人我是怎么与他们相遇的？还不就是目光，彼此投递的目光，匆忙浏览的目光。是的，大部分的人，我们都是彼此匆匆浏览一下，一闪而过，并不细读其形貌，更不知其命运，就那么擦肩而过或擦目而过，一别永恒。而能留在记忆里的，不过是那些欣赏的目光、柔软的目光、关切的目光、智慧的目光，当然也有那恶意的目光、冷漠的目光。这些目光，或者抚慰了你，或者伤害了你，它们，像流星雨或火山灰，都存储在你内心的岩层里了。

同样，几十年下来，我见过了多少生灵？从童年第一次看见鸡、猪、狗、猫、麻雀、燕子，我这半生里见过的各种生命，恐怕已经成千上万了。在这成千上万的生命里，留在记忆里的，或者说在记忆里藏得最深的，还是那些与我交换过目光的生命。比如，我与猫交换过疑惑的目光，纳闷它何以成为鼠的死敌，于是我记住了那只黑猫；我与蛇交换过神秘的目光，它在漫长的冬眠里究竟梦见了什么，当它穿行于幽暗的林子时，它对这个森严的世界有着怎样的观感，于是我记住了那条菜花蛇；我与狗交换过友好的目光，狗不乏生存的智慧却必须效忠于人，才能度过委屈的一辈子，我对它怀着同情，它对我示以友好，于是我记住了那只白狗；我与牛交换过怜悯的目光，它活着必须拉犁负重，死了，还要向人交出骨头交出肉交出皮，我身上有牛皮带牛皮鞋，我书桌上有牛的犄角，粉身碎骨的牛，就这样进入我们的身体和生活。人与牛的不公平契约，是谁主持签定的？牛，这忠厚的生命，何时才有出头之日？而牛对我的不解报以不解，它流着泪的眼睛善意地打量我，它对它的伤害者，却没有仇怨，只感恩于他们放牧了它，正由于牛和其他生灵对人的大度和宽恕（也许是无可奈何），人才渐渐壮大起来，但是我希望人有一天能够真诚地向牛、向其他被伤害的生灵，深深地鞠躬并深深地忏悔。与牛曾经有过伤感的交流，于是，我记住了那头黑色的母牛。我与大槐树上的花喜鹊交换过问候的目光，它的窝一次一次被人捣了，但它一次又一次返回来，重新筑窝，重新与人们亲热地拉家常，我劝说了我的父亲，他不再用长竹竿挑那个简单的鹊窝，想一想，它也有一家子啊，那就是它的全部家当啊，它活得比咱们还不容易啊。我制止了上树捉鹊的猫，希望它改变吃里扒外的毛病。喜鹊的窝保住了，它一家子天天向我们报喜，即使在阴郁的日子，它也能给我们带来一点喜气，它大约凭它的灵性知道了是我呵护了它，它一见到我，总是用喜悦的语言，让我的心充满喜悦，而且有好多次，我近距离看见了它喜盈盈的眼睛。在自然界的众多生灵中，喜鹊，大约是最有佛性的，它对世界，总是怀着慈爱心欢喜心，它的目光，是雨后天空般的单纯和善良，于是，我永远记住了我家门前的那只花喜鹊……

随着岁月的流逝，人一天天老下去，身体的重量却一天天轻下去，然而，身体老了轻了，我们的生命却反而越来越沉重，这是为什么？

那是因为身体内部，在那看不见的记忆的岩层里，收藏着、沉积着层层叠叠的目光。

目光的重量，远远大于我们的体重。其实，我们的身体，我们身体里面的那颗心，正是收藏和储存目光的库房。

颗粒归仓，一生遭遇的各种目光，都存进心的仓库了。

所以，当我们老了，越来越轻的身体里，却感受到越来越多的沉重，那些好的目光，如宝石珍珠，存放在内心最重要的房间，我们经常于静夜抚摸它们，回味它们，被它们再次照拂着，同时又为无法再次回到那些眼睛面前，表达谢意和敬意，而感到遗憾和痛心；而那些不好的目光，恶意的、冷漠的，虽说时间已稀释了它们的分量，然而记忆还是时常被它们袭击，就如同跋涉过水深火热，双腿乃至浑身的骨头，难勉被风湿性疼痛折磨。我们的身体和心灵，比我们的理性要精确得多，理性接纳了的，被理性过滤掉的，身体和心灵都悉数收藏，而且原汁原味原质。假如你能勘探你身体内部的江河湖海和崇山峻岭，你将惊异它浩瀚的沉积和收藏，而藏得最深、保鲜保真最好的，正是那一脉脉、一束束、一道道目光。

我们的体重之外，更多的，也更重的，是身体内部储存的目光的重量。

人生的质量，除了身体的质量，更主要的是身体内部储藏的目光的质量。

圣人体内，一定存放着高质量的目光，这样的目光，如水，如雪，如虹，如星，如月，如细雨，如纯棉，如黑夜的灯，如冬日的炉火，如妩媚的青山，如雨后的草叶，如深夜天河那浩瀚的注视，如月光里展开的大海那深邃的沉思和悲悯，如闪电穿过长夜又谦卑地消融于长夜……我读《论语》、读《庄子》，读佛经，读列夫·托尔斯泰，我都读到了一束束目光，他们眼睛里的，以及他们内心里储存的目光。圣人从目光的丛林里走过，从生灵的泪雨血河里蹚过，他们的眼睛望见了苦海深处的消息，望见了生存莽原上伤痛的背影，同时，他们的眼睛又与长夜远处星空高处某个神圣的目光对接，于是，一种深达海底又高接星辰的伟大心胸展开于他们体内，一种半人半神的目光，发自于人的内心却蕴藏了宇宙般深广思想和爱意的目光，终于降临世间。

于是，我经常问自己：

你的体内该存放怎样的目光？你渴望收藏的那些好的目光是在陆续凋零，还是在陆续生长？你如何在紫外线和有害射线频频伤害的大地上，捕捉并珍藏那些美好的光线？穿过日渐破败的森林，你怎样寻找种子那暗淡的目光？在长久地与它对视之后，你是否播种它，并祈祷在雨过天晴的早晨，你看见一株嫩芽，噙着泪珠，表达着胆怯的希望？于是，你重新确认，备受欺凌的大地并没有掉头远去，她仍在这里，她用伤口做眼睛，辨认着那些再次向她走来的人们，向她投来怎样的目光。

我又该向生活，向历史，向覆盖着坟墓、殒石和青草的土地，投去怎样的目光？我该向瘦瘦的溪流、细细的泉眼投去怎样的目光？你看，那朵小小的荠荠菜花就要开了，仿佛一点粗暴的声音都会让它熄灭，我该怎样以温柔的目光注视它那仅有几分钟的童年？无家可归的燕子，怯怯地降落我的阳台，怯怯地，以公元前的方言试探我的心思，试探我对春天的态度，我该用怎样的目光，问候它或冷落它，欢迎它或拒绝它？我该向那在泥泞山路上跋涉的身影，投去怎样的目光？我该向那在垃圾堆里、在文明的边缘地带徘徊的流浪汉投去怎样的目光？我该向那被不公的命运、被贪婪的资本和权力剥夺得一无所有、孤苦无告的穷人，投去怎样的目光？我该向雨夜里明灭的沉思的灯火，投去怎样的目光？我该向一直在黑夜的最高处凝视我的那些神圣的星星们，投去怎样的目光？我该向那一天一次大出血、每一天都怀抱爱的火焰而死去的壮美的夕阳，投去怎样的目光？我看见我的不远处安静地站立着的那棵柳树，它的每一根手指都在传递一种古老而单纯的情思，它嫩绿的眼神，那点化过诗经、照拂过唐诗、抚慰过宋词的眼神，又投递到这僵硬的水泥地板上，投递到被电线缠绕被塑料包装了的生活身上，投递到被商业操纵被数字组装被技术复制的文化身上，投递到我落满紫外线落满尘埃落满高分贝尖叫声的我的小小的身体上和心上，那么，我该向它投去怎样感恩的目光？

是的，我收藏着来自历史、来自自然、来自生活、来自人群的各种各样的目光。

同时，我投出去的目光，也将被收藏，被某棵树收藏，被某朵花收藏,被某条河收藏,被某盏灯收藏,被夜半的某颗星收藏,被近处或远处的某个灵魂收藏。

就这样,我们的目光,改变着白昼的光线,也改变着夜晚的品质,甚至,或多或少地,改变着宇宙的质量……

夜

太阳一灭,灯就陆续亮了。灯山,灯河,灯海。夜色还未来得及降临就被灯拒绝了。现代已经没有了夜晚。

在村庄与村庄、城市与城市之间,还保留着一些夜的片段。蛐蛐哼着宁静的古曲,溪流唱着险些失传的民间小调,有些伤感,但情调很美很动人。庄稼和野草恭敬地接受露珠的加冕。土地像一个沉静的诗人,默默地酝酿着心中的摘情。一条小路泛着淡淡的白光,回味着白昼馈赠的灰尘和足音,像一条文静的白蛇,似在冬眠,又像在夜色里缓缓蠕动。——许多天籁藏在这夜的片段里。有几人还懂得领略呢?

我就住在城市与乡村的过渡地带。夜来了,稀稀落落的灯火结成松散的联盟,阻止着夜的到来。灯似乎赢了,夜色被切成碎片。人造的白昼眨着华而不实、哗众取宠的眼。不真实的夜,很像一个中性的人,辨不出它的形体、性格和神韵。现代的夜晚是没有性别的。

忽然停电了。夜色突破了人的脆弱的防线，终于完全地、大规模地降临。

色彩撩人的电视停了，歌星们刚才还大张着的嘴唱那海枯石烂的爱恋，还有半支歌尚没有来得及倒出喉咙，就大张着嘴消失在黑漆漆的屏幕深处。磁带不转了，"梦中的婚礼"骤然收场。舞场一片混乱，许多脚踩着许多脚，许多手从别人的肩上掉下来，不约而同地摸到了同一个肩膀——夜的肩膀……

踏着夜色，我走出户外。

我听见狗叫的声音。我听见小孩子捉迷藏的声音。我听见大人们呼喊自己孩子的声音。我听见隔壁那个爱音乐的小伙子拉小提琴的声音。我听见那片不大的竹林里鸟儿们叽叽咕咕的声音——它们是在说梦话吧？

电不吵了，机械不闹了，商业不喧嚣了。我听见了大自然的呼吸，我听见了无所不在的生命那亲切而动人的语言。我一下子回到了自然母亲的怀抱，和植物们动物们分享着母亲的博大慈祥。我的兄弟姐妹是这样众多，这样令人怜爱：石头哥哥坐在路边冥想着远古的往事；松树弟弟在年轮里写着成长的日记，述说着对土地和阳光的感恩；小河，我爱说爱唱的姐姐，把一路的坎坷都唱成了风景和传说；我的喜鹊妹妹哪里去了？现在，你是不是在高高的白杨树上那孤独的小屋里，忧伤地望着天空出神？

抬起头来,我看见了北斗,看见了那被无数代仰望的目光打磨得静穆而苍凉的北方最高的天空!我看见了李白碰过杯的月亮,我看见了在李商隐那情天爱海里奔流不息的滔滔银河,我看见了苏东坡那夜看见的宝石般忧郁而高华的星座,被屈原反复叩问的星空——伟大而迷茫的星空,我也看见了!世世代代的星空都是我头顶这个星空吗?那么此刻,我是回到了三千年前的夜晚、七千年前的夜晚,是回到更古早更古早的夜晚了!

夜不再浅薄,夜很深,深得就像母亲的梦境,深得就像时间,深得就像上帝的眼睛,无限悲悯的眸子里含着天上人间的泪水。而刚才,那人造的白昼使我看不见真正的夜晚,看不见至大至高的永恒的星空。我和许多人都把那些闪着媚眼的霓虹灯当作夜晚的星座了。用它们那涂着颜料的目光判断夜的方向,是多么可笑啊。

我踏着夜色在小路上走着。我看见前面的墓地闪着磷火,那是谁在冥冥中以前世的热情与我交换眼神?我于是想到了"死"这个大问题。若干年后的夜晚,谁从我的墓地前走过?会受到我的惊吓吗?对不起,我提前向你道歉,你放心赶路吧,我是个善良的人。春游的孩子们会在我的坟头采摘迎春花吗?当你们挥动着金黄的花束,会不会想到:若干年前,有一个爱在夜晚散步和冥思的人,曾经深深地祝福过你们?

电还没有来。电线杆像一群无所事事的闲人,扯着长长的线丈量夜晚。

我在小路上走着。我猜想,今夜,有许多人会变成诗人、智者和哲学家。

此刻,宇宙是一位穿着黑袍的神秘父亲,我们是他多梦的孩子……

诗意和美感的源泉

我理解,所谓写作者,就是内心里漾溢着丰沛的诗意又善于领略诗意、内心里充盈着美感又善于发现美感的人。写作,就是呈现诗意和美感的一种方式。

诗意和美感,在每一个人的天性和情感里都或多或少或强或弱或显或隐地存在着。

人,活在天地间,活在万物的怀抱中,活在无限苍茫神秘的宇宙中,也活在文化和历史中,活在对已知事物的感受中,也活在对未知领域的想象中,活在对生的感恩对爱的感动里,有时也活在对死的遐想中。

哲人说:活出意义来。

诗人说:人,应该诗意地栖居在大地上。

我想,诗意、美感,应该是我们活着的意义。当然,人活着,还有责任、义务、道德和事业。但我想,那些在日常生活中让我们感到诗意和美感的时刻,那些令我们陶醉、沉浸、升华的时刻,那些让我们变得纯洁、高尚、美好的事物,常常让我们感到活着的珍贵和可爱,每每在这时候,我们会体会到活着的意味和意义。

人生最大的欣慰和快乐,不是在物质的追逐和满足中能够获得的。人,不过一百来斤的重量,在无穷宇宙面前无疑极其渺小,对物质的享用终归有限,而且,人在与物质世界进行能量交换的时刻,并不是人"最有意义"的时刻,因为我们知道,任何生物都能与物质世界进行能量交换。

人生最大的欣慰和快乐,来自心灵的感动,当我们向万物敞开怀抱的时刻,当我们与美好的人、美好的事物相遇并投去深情凝视的时刻,我们感到欣悦和幸福;有时,我们也会与痛苦的事物和不幸的命运遭遇,我们因此感受到世界的另一面,看到蓝色海水后面那幽暗的深渊,我们的生命体验由此获得深化,在对痛苦的感受和承担中,我们会在喜剧甚至闹剧后面,发现世界的悲剧本质和生命的悲剧美。我们同样会感受到灵魂被净化后深沉的幸福,对人、对生命、对万物,我们会更多一些同情和热爱。

而所有这一切,都是因为我们发现了生存的诗意和美感。

诗意何处寻?美感何处寻?

中国古人说:"外师造化,中得心源。"这里的"造化"即是大自然,"心源"就是我们的内心世界。我们不妨把无边的大自然叫做"外宇宙",把无边的内心叫做"内宇宙"。诗意和审美,即来自人的"内宇宙"和"外宇宙"相互吐纳、相互映照的时刻。

我凝视静夜的星空,星空也凝视我,星空也进入了我的内心,有限的我与无限的宇宙星空融为一体,我常常被一种"无限感"所震撼,这个时刻,我感到我与万物同在,与永恒同在,我的内心变得澄明浩瀚无际无涯。我的一本诗集《驶向星空》就记录了我的这些体验。

我常常漫步于山间、田野、林中、水畔,有时就静坐在溪水边或仰躺在树林里,看白云倒映于水面,耐心地洗涤着它们各种样式的衣衫,我的心也变得清洁透明;我从瀑布的声浪里感受到一种壮烈的情怀;我从野画眉、布谷鸟的叫声里学到一种说话和写作的方式。这就是:率真和自然。我喜爱一切鸟,我觉得鸟语是值得推广的"世界语";我爱青山,尤其是雨后的青山。宋代词人辛弃疾的两句词说出了我对青山的感觉。他说:"我见青山多妩媚,料青山见我亦如是";我爱白雪,我爱虹,我爱夜空中的月亮,我爱蜻蜓和蝴蝶,它们是花和草的知音和伴侣,它们款款的影子,出没在大自然,也出没在古今中外的诗文里;我爱动物,牛马羊狗猫松鼠,世上没有卑贱的动物,你仔细注视,会发现它们的体态神情是那样美那样和谐,而它们目光中的忧郁和感伤,又令人同情,我常常痴想着,它们能与我交流一点什么,谈谈对生命的理解和对命运的看法;我爱一切植物,植物以它们无尽的绿色和果实美化了这个世界,也喂养了这个世界,我写过许多关于自然界的散文和诗歌(包括《山中访友》等等),当我写自然界的任何事物的时候,内心里总是充满感动和感恩,一片落叶也会在我笔下呈现它亲切细密的脉纹,我像是看到了大自然的隐秘手相,甚至,一片雪,一声虫鸣,一阵雨打玻璃的声音,都会在我心底溅起情感的涟漪,我总是努力用语言挽留这些微妙的、深切的、诗意的时刻。每次写作,我总是打开窗子,眺望一会儿朦胧的远山,如果恰逢一声鸟叫,我的诗文便有了清脆生动的开头;如果在夜晚写作,我就先在空旷宁静的地方,仰望头顶的星空,聆听银河无声的波涛,宇宙无穷的黑暗和光芒便滔滔地向我的内心倾泻,我深深地呼吸着那从无限里弥漫而来的浩大气息,然后,我开始诉说(写作就是诉说),向心灵诉说,向人群诉说,向时间诉说,向万物诉说。语言被心中的激情和宇宙的浩气激活,语言行走和飞翔起来,语言有了只有在这个时候才有的动人的表情和语调,就这样,我的心,在语言的原野上走向远处和深处。每当这时候,我感动,万物和宇宙都参与了语言的运动。

今夜的泪水

　　那个星期天，我在山上漫步，沿着野草缠绕的小径随意走着，我不想寻找确凿的目的地，我把双脚交给这些古藤般时隐时现的小道，就由它们把我带到哪里算哪里，即便被带进密不透风难辨方向的林莽，我也不会埋怨，就迷一次路吧。这么多年，周而复始地走着明白无误的路，想迷一次路都没有机会，一切都设计好了，规定好了，人只要一动身，就进入了固定的程序，就踏上了锁定的路线，红灯停，绿灯行，就这么笔直地走来走去，直至终点。一条路走到黑，这使我们失去了对路的感激。这就如同把一个无味的梦做到天亮，而且夜夜重复，那个梦早就不是梦了，全然没有了梦的神奇浪漫。被同一个梦占据的睡眠与无梦的睡眠并没有什么两样，都是对死亡的提前预演。

我就在野草杂树中胡乱走着，天渐渐黑了，我正可以在夜色里迷一次路，对黑夜的到来我有了一种隐隐的快感。一条野径把我带入一片竹林。早听人说过，南山上有一个竹海，与更南的四川相连，在南山的海域也有近千亩。那么我是下海了？至少已来到浅海湾。我折了一根干瘦的竹竿作为探路的拐杖，边走边敲敲这根竹子，敲敲那根竹子，既是为自己壮胆，也顺便对寂寞中坚守的竹子们表示敬意和问候。天似乎完全黑下来了，在林子里行走更能真切地看到夜晚是怎样一笔一笔很快涂染了它漆黑的形象。然而林中似乎又有了亮色，竹子与竹子之间断续传递着神秘的光线，我仰头一看，竹叶交叠的高处，分布着星星点点的小孔，光，正是从那里漏下来的。此时，我体验到自然界那些生灵们有限的幸福，比如野猪、松鼠、刺猬、山羊、兔子、猫头鹰。虽然，在这严酷的世界上，没有谁帮助它们同情它们，在自生自灭的命运里，它们是何等孤独悲苦，天敌的伤害，饥饿的打击，病痛的折磨，它们每时每刻都在提心吊胆地活着。然而，我似乎夸大了它们的痛苦。至少，阳光雨水对它们是免费供应的，还有，在黑夜降临的时刻，天上那些伟大的星星绝不因为它们卑微就不关照它们，相反，与它们的实际需求相比，大自然把大额度的光亮赐给它们。

走了大约两个小时，我折回身，向来时的方向走。我没有迷路，星星们不让我迷路。莫名其妙地，我竟流出了眼泪，我觉得这伟大的宇宙固然充满莫测的危险和深奥的玄机，但壮阔的宇宙毕竟对人、对生命体现了无微不至的仁慈。此时已是深夜，这寂寞的山野也许只有我一人独行，当然也许还有一些保持着夜游习惯的伙计，比如猫、狗、松鼠也在夜的某个角落散步或恋爱，但是，毕竟此地就我一人呀，宇宙却为我准备了一万盏一千万盏一千亿盏华灯！整整一条银河都陪着我漫游，天国里全部的照明设施都归我一个凡夫俗子使用！这是怎样的大恩大德啊。我就想，在如此壮丽无比的夜色下，谁能忍心辜负这皎皎明月盈盈星空？这伟大深邃的星空，正是神的无边胸怀，在这神圣星光的映照下，人只能去热爱，去歌唱，去进行美好的创造和劳动，去沉思，沉思存在的源头，沉思无限时间和空间向我们暗示的神秘寓意，或者怀着感恩的心情进入睡眠。我想，历史上那些道德高尚智慧卓越心灵伟大的人，除了特殊的禀赋和所传承的高深优美文化影响了他们，他们更重要的道德和心灵源头当是这伟大不朽的宇宙星空。这浩瀚无涯的时空之海光芒之海召唤和启示了他们心灵里潜藏的浩瀚崇高的道德冲动：必须熔铸一颗崇高清澈的大心，才配面对这星空。经过虔诚的磨砺、修养、吐纳，他们终于有了一颗与宇宙对称的伟大灵魂。

可是，这崇高的精神的星空渐渐成了物理学的星空，化学的星空，气象学的星空，商业的星空。它渐渐从心灵的天幕暗淡下来。古典的、天真的激情退潮了。人类的目光，更多地锁定在自己制造的符号网络里；人类的心灵，更多地沉溺于物质福利的狭小池塘里。星空依旧如公元前一样浩瀚壮美，星空下，却少有与之对称的伟大激情和壮美灵魂。

　　我在竹林里，借着朦胧而亲切的光线一边走着，一边想着，一次次流出了眼泪。

呼吸伟大的气息

我们祖祖辈辈住在山里,活在山里,梦在山里,生老病死,都在山里。即使最后我们死了,仍然是埋在山里——这等于说,我们的灵魂仍然是住在山里的。小时候经常与小朋友到山里玩,采野花,拾蘑菇,吼野调,稚嫩的童声竟然引起群山的回声,我们吼什么,山也吼什么,大山多幽默多好玩——他不小看我们,虽然我们小得只是他怀里的一片树叶一滴雨珠,他不嫌我们小,他在模仿我们,他在收藏我们的声音。现在我还这样想:我们小时候发出的声音,肯定还藏在大山的溶洞里,藏在很多石头里,再过若干年,数万年或数亿年,那些收藏了我们天真声音的石头,就会变成花纹美丽、质地精良的汉白玉石。

这么多年,每次进山,都能看见山上的坟墓,作为生者,面对先人和死者留下的这安静的记号,难免心生苍凉,就想到人总归是要去一个地方的。安息,这是上苍对生命的总结也是最后的酬劳。走下山来，回望，山，那么高峻，那么恢宏，心里猛地一颤：那些安息者的坟茔，那些逝去的生命，都已成为苍茫群山的一部分了。我们仰望山，仰望一种高度，仰望生的高度，其实也仰望了死的高度。而生与死，无始无终地循环，构造了山，构成了绵延高耸的记忆。

于是我想到，山（乃至人世与大自然的一切）是由无穷的生与死、无穷的过往和此刻垒积而成、蕴含而成、造化而成！而且，过往的时光是更为久远浩瀚的，相比于即将很快被穿越的"现在"，短暂匆忙的现在，那过往的时光，几乎就是永恒，就是无限啊。

过去，真的就过去了吗？死，真的就死了吗？先人们，真的都走了吗？是的，是过去了，是死了，是走了。然而，过往的还在着，死了的还在着，走了的还在着。在哪里呢？在山的腐殖土里，在山的皱褶里，在山的矿脉里，在山的历史里，在山的记忆里，在山的魂魄里。

这就说到文化与精神了。

一条小山沟，一个小山村，都会有自己的风情、习俗、传说，也就是说，即便一个小山沟，一个小山村，一个小得再也不能小的地方，都有自己的历史、记忆和文化。人常说，一方水土养一方人，其实说的是一方水土养一方文化，人，就是文化的生灵嘛。

一个小山沟，一个小山村，都有自己的历史和文化。何况一座怀抱半个中国、吞吐万古风云、体格巨大、仪表伟岸的庞大山系呢？

此前，谁都知道这个道理，河有河的神话，山有山的传说，也即是河有河文化，山有山文化，一座巨大之山，必有巨量蕴藏的文化记忆。这道理都懂。《大秦岭》的价值，就是比较系统地挖掘、爬梳、呈现、阐释了秦岭的历史文化蕴藏和精神魂魄，使大家更理解、更尊敬、更热爱这座伟大的山。

"山里人"，自古就不是一个夸奖人的词，那是视野窄、见识小、器量狭的另一种说法。山里人自身也觉得沾了山就有点矮。现在明白了吧？我们是哪个山里的人——

南有巴人之山——巴山，那是一座雄浑的山，还没有被好好打量的山，那肯定是一座伟大的山。

北有秦人之岭——秦岭，那是一座雄伟的山，已然被开始解说的山，当然是一座伟大的山。

我们——山里人，就居住在雄浑与雄伟之间，生长在伟大与伟大之间。

我们——山里人，就生长在伟大与伟大之间，让我们也呼吸这伟大的气息，让自己也变得大气一些，大度一些，优秀一些，浑厚一些，也具备一点伟大的气息。

水边的孔子

孔子说:"逝者如斯夫,不舍昼夜。"这是孔子站在奔流的水边说的话。我想象中的孔子总爱站在水边沉思,话不是太多,偶尔说一句,也是极简短的。他不愿在流水面前插嘴。他觉得流水已经说出了天地的大奥秘。如这流水一样,万物都在一一呈现又一一流逝,汇成浩瀚渺远的"过去"。

人生,就是与永恒打一次照面,交换一个手势,在流水里投去尽可能完美的倒影,并为之动容和惊喜。

"逝者如斯夫,不舍昼夜",这句话是哲学也是诗,包含了孔子对苍茫宇宙的浩叹和对短暂人生的留恋,也隐隐透出一种浩大的悲剧意识。孔子没有展开对宇宙和生命的终极思辨,因为他有太多的对人间事务的关怀。面对飞逝的流水,孔子更执着岸上的人生,没有彼岸,对此岸的诗意感动就是彼岸。孔子的哲学是这般朴素亲切,这大约是他总在水边沉思的缘故。流水打湿他的语言,加深了他的思路,所以,孔子的深刻是水的深刻,谁都可以盛一勺带进自己的生活,谁也不能穷尽水的渊源,更多的时候只能倾听并接受他亲切的渗透。

哲学家们、学者们,有的是孜孜不倦的书虫,几平方米的书斋成了他们的宇宙,语词的火焰烧烤着他们,我们有时能啃到油炸的概念和爆炒的原理,有时也能领到一盘凉拌的哲学,但很少能尝到那种鲜活的思想和朴素天真的生命体验。除了世界的变迁和文化日益被商业操作造成的窘境,是否还有一个原因:哲学家们远离了水,他们不在水边沉思或咏叹,他们是坐在沙发里工作、操作或写作。我多么想看见孔夫子,那个在水边随意坐着或站着,朴素地与我们说话的孔夫子。

孔子还说:多识草木鸟兽之名。看来,孔子不仅爱在水边行走,也爱在原野上行走,露水打湿了他的裤腿,蟋蟀在他身边朗诵《诗经》里的句子,鸟盘旋在屋顶,忽又升上天宇,他的思绪也随之飞升,而后更沉重地降落在烟火缭绕的人间。"蒹葭苍苍,白露为霜",两千多年前那个白色的早晨,一直流传到今天。我想象,孔子一定从苍苍芦苇里走过,纵目万里霜天,他看见了秋水中的"伊人",他看见了荒寂中的一缕情意,于是他吟咏:"蒹葭苍苍,白露为霜,所谓伊人,在水一方。"

我想象中的孔子,总是走在水边,走在原野上,流水、泥土、草木的气息和禽鸟的声音时时溅满他的身体和思想。他在大地上行走,他与万物同行,万物也逼真地呈现了他的思绪。他把他的感动朴素地说出来,至今仍令我们感动,这是孔子的魅力,这也是大地的魅力。

我们为什么活着

看见雪，我就情不自禁地感到自己的不洁和浑浊。把自己的全部情感和意识集中起来，能提炼出一朵雪的纯洁和美丽吗？不忍心踩那雪地，脚上的尘埃玷污了它，记忆里就少了一个干净的去处。

从一棵古树下走过，总是感叹和敬畏。它从古代就站在这里，它在等待什么呢？它这样苍老，深深的皱纹，让人看见岁月无情的刀刃。它依然开花、结果，依然撑开巨大的浓荫。不管有没有道路通向它，它都站在这里，平静而慈祥，像一个古老的圣者。

是一棵树就撑起一片绿荫，它所在的地方就变成风景，风有了琴弦，鸟有了家园，空旷的原野有了一个可靠的标志。我生于天地间，真比一棵树更有价值吗？我能为这个世界撑起一片绿荫，增添一处风景，能成为旷野上的一个可靠的标志吗？

一棵小草，也以它卑微的绿色，丰富着季节的内涵；一只飞鸟，也以它柔弱的翅膀，提升着大地的视线；一块岩石，也以它孤独的肩膀，不顾风化的危险，支撑着倾斜的山体；一条鱼、一粒萤火、一颗流星，都在尽它们的天命，使无穷的大自然充满了神秘和悲壮……

　　人是什么？人活着的价值究竟是什么？我们天天吃饭（包括吃山珍海味），除了少量被身体吸收，大部分都变成肮脏的排泄物；我们天天说话，口中的气流仅能引起嘴边空气的短暂颤动，很少能感动别人也感动自己，话，基本上白说了；我们天天走路，走到天边甚至走到天外的月球，我们还得返回来，回到自己小小的家里；我们夜夜做梦，梦里走遍千山万水，醒来才发现自己仍然躺在床上……那么，人活着的价值究竟是什么？

　　我活着，全靠自然、众生的护持和养育，我这一百多斤的躯体，从头到脚，从里到外，浓缩了大自然太多的牺牲，浓缩了人类文明的太多恩泽，这皮鞋皮带，令我想起那辛苦的耕牛；这毛衣毛裤，让我遥感到另一个生命的体温；这手表，小小的指针有序地移动着，其微妙的动力当追溯到数百亿年前大宇宙的神秘运作，以及当代的某几双全神贯注的可敬的手，这钢笔、这墨水、这纸、这书籍、这音乐、这萝卜青菜、这白米细面、这煤气灶、这锅碗、这灯光、这电脑、这茶杯、这酒……

　　我发现，这一切的一切，竟没有一件是我自己创造的！全部是大自然的恩赐和同胞们的劳动。我占有的、消耗的已经太多太多了。为了我文明地活着,历史支付了百万年刀耕火种、吞血饮雨的昂贵代价。为了我快乐地思想,太阳、地球、动物、植物、矿物以及整个宇宙都在没有节假日地忙碌着、运作着。为了我舒畅地呼吸,大气层、河流、海洋、季风、森林、三叶草以及环保站的工人,都在紧张地酿造着守护着须臾不能离开的空气……

天大的恩泽,地大的爱情。我享用着这一切,我竟不知道努力回报,却常常加害于我的恩人们:我投浊水于河流,我放黑烟于天空,我曾捕杀那纯真的鸟儿,我曾摧折那忠厚的树木,我曾欺侮赐我以大米蔬菜的农民大伯,我曾鄙视赐我以清洁的环保工人……

我一伸手,一张口,就享用着大自然,就占有着无数人的劳动成果。即使我躺在床上,不吃不喝,我也在享用着。我至少在享用这木头制成的床以及这棉被毛毯(而这都不是我创造的),我同时也在享用这和平宁静的环境(而此刻守边的军人正穿越一片丛林蹚过一条冰河)……

享用着。几乎是时时刻刻日日夜夜地享用着。享用?难道人活着仅仅是享用?不是享用?那么人活着的意义究竟是什么?

以真诚的感恩去回报大自然的恩泽。

以加倍的创造去回报同胞们的创造。

于是,感恩和创造,就成为人生最动人、最壮丽的两个主题。

于是,我听见万物都在默默地启示我——

蚕说，用一生的情丝，结一枚浑圆的茧吧；
树说，为荒凉的岁月撑起一片绿荫吧；
煤说，在变成灰烬之前尽量燃烧自己；
野花说，让你的生命开一朵美丽的花……

心说

人安静下来,就能听见自己的心跳。

在一间空屋里,唯一陪伴你的,是你的心。

这时候,你比什么时候都更加明白:你什么也没有,只有一颗心。

不错,还有手。但手是用来抚摸心跳的,疼痛的时候,就用手捂住心口;有时候,我们恨不能把心掏出来,捧给那也向我们敞开胸怀的人。

不错,还有腿。但腿是奉了心的指令,去追逐远方的另一颗心,或某一盏灯光。最终,腿返回,腿静止在或深陷在某一次心跳里。

不错,还有脑。但脑只是心的一部分,是心的翻译和记录者。心是大海,是长河,脑只是一名勉强称职的水文工作者。心是藏书丰富的图书馆,脑是它的读者。心是浩瀚无边的宇宙,脑是一位凝神（有时也走神）观望的天文学家。

不错，还有胃、肝、肾、胆、肺，还有眼、耳、鼻、口、脸等等。它们都是心的附件。它们是无知的，也是无情的。我们不要忘了，狼也有肝，猪也有胃，鳄鱼也有脸。但它们没有真正意义上的心——因为，它们没有信仰和深挚的爱情。

我们唯一可宝贵的，是心。

行走在长夜里，星光隐去，萤火虫也被风抢走了灯笼，偶尔，树丛里闪出绿莹莹的狼眼。这时候，唯一能为自己照明的，是那颗心。许多明亮温暖的记忆，如涌动的灯油，点燃了心灯。心是不会迷途的，心，总是朝着光的方向。即便心迷途了，索性就与心坐在一起，坐成一尊雕像。

我有过在峡谷里穿行的经历。四周皆是铁青色的石壁，被僵硬粗暴的面孔包围，我有些恐惧。仿佛是凿好了的墓穴，我如幽灵飘忽其中。埋伏了千年万载的石头，随便飞来一块，我都会变成尘泥。这时候我听见了我的心跳，最温柔最多情的，我的小小的心，挑战这顽石累累的峡谷，竟是小小的、怦怦跳动的心。

在一大堆险恶的石头里，我再一次发现，我唯一拥有的，是这颗多情的心。我同时明白，人活着的意义究竟是什么——在一堆冷漠的石头里，尚有一种柔软的东西存在着，它就是：心。我们这一生，就是找心。

于是我终于看见，在峡谷的某处，石头与石头的缝隙，有一片片浅蓝的苔藓，偶尔，还有一些在微风里摇曳得很好看、很凄切的野草。

我终于相信,在峡谷的深处,或远处,肯定生长着更多柔软的事物和柔软的心。

这世界有迷雾,有苦痛,有危险,有墓地,但一茬茬的人还是如潮水般涌入这个世界,所为者何?来寻找心。这世界只要还有心在,就有来寻找它的人。当我们离别时,不牵挂别的,只是牵挂三五颗(或更多一些)好的心。当我能含着微笑离去,那不是因为我赚取了金银或什么权柄(这些都要原封不动留下,这些东西本来就是些嫁鸡随鸡嫁狗随狗的东西),而仅仅是,我曾经和那些可爱的人,交换过可爱的心。

奇怪,我看见不少心已遗失在体外的人,仍在奔跑,仍在疯狂,仍在笑。

仔细一看,那是衣服在奔跑,躯壳在疯狂,假脸在笑。

"良心被狗吃了"是一句口头禅了。只是我们未必明白,除非你放弃或卖掉心,再多的狗也是吃不了你的心的。是自己吃掉了或卖掉了自己的心。人,有时候就是他自己的狗。

守护好自己的心,才算是个人。

这道理简单得就像1+1=2。但我们违背的常常就是最简单的真理。

有时候回忆往事,一想起某个姓名就感到温暖亲切,不因为这个姓名有多大功业多高的名分,而仅仅因为拥有这个姓名的是一个好心的人,一个真诚的人;有些姓名也掠过记忆,我总是尽快将它赶走,不让它盘踞我的记忆,这样的姓名令人厌恶,不为别的,只因为拥有这个姓名的那人,他的心不好,藏满了仇恨和邪恶。

我们对一个人的评价,乃是对他心的评价。

心,大大地坏了的人,怎么能是好人。

"圣人""贤人""至人",这些标准似乎都高了一些,不大容易修行到位。

那就做个好心人吧。

人生一世,草木一秋。做个好心人,有一颗好的心,这就很好。

生命中柔软的部分

生命中柔软的部分，是内心深处的那种善良，那种厚道，那种浸润着温柔之雾的体贴和同情。

在生活中，我时常被一些人、一些情境感动。那感动我的，不是人性中坚硬的部分，甚至也不是刚强的部分，而是人性中温柔的部分，接近于水和女性的那部分。

坚执、刚强、果决，这些都是优秀的品质，我钦佩这些，却很难为之感动。在理智上我知道这些品质对于生存和事功的必要，但它们并不是心灵渴望的最好的东西。

心灵渴望的是体贴、温柔、宽厚、谅解，是同情与爱。

多年前我读过一篇法国作家写的短篇小说，写的是一位离异少妇乘飞机旅行，下飞机以后，机场上风很大，又在下雨，同时下飞机的一位中年男子从这位女士身边经过，看见她的围巾被风卷起，就停下来帮她系好围巾。这个细微的动作竟深深感动了这位少妇,以至于她爱上了这位男子,并最终结为眷属。

在那位少妇的心中,那无意中流露的关切和同情,一定是源于一个人的内心,透露出这个人本性中的善良和温柔。而这个人与她既没有任何直接的利害关系,也根本没有想通过这一友好的举动换取什么。那么,他对一个陌生人的关心就更具有人性的温暖了。

这个世界有着太多坚硬、粗暴、冷漠、残酷的东西。铁、水泥、玻璃……构成了一个机械僵硬的世界。而我们的文化中、生活中、心性中,似乎也越来越多地充斥着铁、水泥、玻璃……自然界的荒漠化在加剧,心灵的荒漠化似乎也在加剧。无论物质世界或精神世界,都渴望温柔的滋养。

在历史上,曾经出现过激烈的冲突、敌意和争斗,在仇恨的废墟上,也站立起一些"英雄",但无数的平民却为此付出了高昂的代价。纵观历史,恶的杠杆或许对历史的进程起过推动作用,但从对人性的伤害而言,仇恨和敌意从来都是负面和消极的。现代人越来越明白:人类和众多生命,都是地球这只独木舟上的乘客,谁都应该活下去,谁活着都不容易,理当同舟共济、患难共存。敌意、仇恨、暴力,如同泥石流,会毁坏生存的植被和人性的水土。人的心灵永远都渴望善良的情感和柔软的事物。

很多老人告诉我,他们常常回忆那些给过他们温暖和同情的人和事,也常常忏悔自己当年做过的对不起别人的事。有一个老人告诫我:人活着,千万不要动害人的念头,更不可做损人利己的事。人要温柔宽厚，不可使强用狠，强硬的人或许会占点便宜，但温柔的人却是美好的。

　　一座高大的山让人震撼和敬畏，为它的海拔、它的气势。但山再高总有限度，在天空下面，再高的山也只是稍稍高出地面而已。如果这座山有清泉，有碧溪，有柔韧的藤蔓，有妩媚的野花，有了这些柔软的事物，这座山就不只是让人仰望，而且更让人热爱了。比起它的高、它的石头般的刚硬，这些温柔的东西更贴近人的心灵，更能让人感受到这个世界的安全和柔情。因为有这么多能给心灵带来抚慰的事物，这座山就成为心灵的一部分了。

　　让柔软的事物、善良的情感多一些，再多一些，让森林和清泉永远驻守在我们的心中。我们一直在怂恿欲望增殖着生活中的敌意和粗暴，人性屡屡被它伤害，爱一再推迟了归来的日期。是时候了，我们何不让贪婪休息，让嫉妒放假，让仇恨退休？我们何不来一次心灵的扫除？把那些盛满脏水的坛坛罐罐搬走吧，让田野的绿色进来，让天上的白云进来，让记忆里那些鲜活的草木进来——让它们在内心中组成一片温暖、柔软的原野。

后记
多识草木鸟兽之名

两千多年前,孔夫子曾说过,多识草木鸟兽之名。我想孔子这句话的本意有二:一是多识草木鸟兽,便于对人进行"诗教",也即是审美教育,因为要识草木鸟兽,就要贴近自然、观察自然,进而受到大自然的启示、感染和熏陶,内心变得纯洁、丰富而富于美感;二是这多识草木鸟兽的过程,也就是进行生态教育的过程,在这一过程里,人不仅了解自然物种的某些特征和规律,也知道了人所置身的生存环境原来是由众多物种共同营造的,人进而对其他物种有了尊重、同情和护惜的心情。后面的这个理解,猛一看好像有些牵强附会,似乎硬要把孔子说成是"环保"的先知先觉者——其实正是这样,孔子等古代圣贤在"环保"方面确有超前自觉的一面。《论语·述而》中"子钓而不纲,弋不射宿"(孔子钓鱼从不用网取鱼,从不射归宿的鸟),反映了孔子的爱物护生美德,这种美德表现为遵守古代取物有节的资源保护的社会公约,同时也透露出孔子对生灵的同情:不用密织的渔网钓鱼,避免捕捞和伤害小鱼;不射归宿的鸟,那鸟或许是鸟妈妈,它要喂养巢中的孩子,它带着倦意和情意从黄昏飞过,这黄昏也变得格外有情意,人怎忍心戕害它呢?

重温孔夫子的这段教诲,感到很亲切;而当我把这段教诲向自己的孩子讲解时,又觉十分愧疚:我们的孩子是不是也该"多识草木鸟兽之名",又该如何"多识草木鸟兽之名"?

当然孔夫子是两千多年前的孔夫子,他没有见过飞机火车飞船,也没有玩过电脑,他没有赶过我们的时髦,当然他的肺叶里也没有我们的雾霾废气,他的耳朵里也不会有那么多噪声。但是照过孔夫子的太阳仍然照着我们,在孔夫子头顶奔流的银河仍然在我们头顶奔流,太阳不会过时,银河不会断流,有些真理也永远不会过时和失传,那是关乎生命和宇宙之本源的终极真理。"多识草木鸟兽之名",应该是永不会过时的审美教育方式和生态教育方式。

现今的孩子,尤其是城市的孩子,还识得多少草木鸟兽呢?还认得多少风花雪月呢?

我的孩子一直盼着养一只狗,却又不喜欢太乖巧的狮子狗,想养一只忠诚又有几分野性的狗,这在如今当然已不那么容易实现。最后终于得到了一条狗,那狗不吃不喝却又在山吃海喝,不见形迹却又有踪影,它是"电子宠物",是靠一小片电池喂养的"狗"。孩子却把对生灵的全部爱心和关切都献给这电子幻影了：每天准时"喂"它吃的喝的，准时让它散步，准时让它睡觉，半夜做梦也梦见他的可爱"宠物"死了，哭得好伤心。孩子们远离了大自然，失去了多少与其他生命交流的机会，看着孩子把爱心和泪水都献给那个"电子幽灵"，我真有点儿可怜孩子们。

让孩子明白"井""泉""瀑布""溪流"是个什么样子，也是很困难的事，因为他没有见过井和泉，没有见过瀑布和溪流，没有在那深深的或清清的水里凝视过自己的倒影，没有照过井的镜子，没有听过泉的耳语，这不只是知识上的缺憾，更是内心体验的遗憾：他的心里永远少了井一样幽深的记忆和泉一样鲜活的美感，也少了瀑布一样的壮丽情怀和溪流一样的清澈灵性。

同样，让城市的孩子明白"虹"是什么，"鸟群"是什么，"蝉声如雨"是什么，"蛙鼓"是什么，"天蓝得像水洗过一样"的那个"天"是什么，也是困难的；让他们理解"草色遥看近却无"的微妙春意，理解"可惜一溪风月，莫教踏碎琼瑶"的天人合一的意境，也是困难的。因为他们没有见过这些事物，更没有亲临过这些情境。

我时常想，孩子们在享用现代城市物质文明之宠爱的同时，也失去了更多的、更为根本和珍贵的来自大自然的启示、感染和熏陶，而正是这些，才是作为自然之子的人的心灵和情感的永恒源泉。

每当这时候，我就仿佛听见孔夫子站在时间的那边，站在草木深处，语重心长地叮咛我们：多识草木鸟兽之名……

李汉荣部分入选中考语文阅读试题散文作品

《燕子筑窝》入选2020年广东省深圳市中考试题

《母亲的眼睛》入选2020年江苏省南通市中考试题

《又见南山》入选2020年四川省宜宾市中考试题

《父亲的露珠》入选2019年浙江省绍兴市中考试题

《转身》入选2019年湖南省衡阳市中考试题

《对一只蝴蝶的关怀》入选2018年贵州省安顺市中考试题

《目光》入选2017年山东省东营市中考试题

《远去的乡村》入选2013年安徽省合肥市中考试题

《放牛》入选2011年湖南省湘潭市中考试题

《牛的写意》入选2008年湖北省宜昌市中考试题

《一生的戒指》入选2008年广东省深圳市中考试题

《对孩子说》入选2007年宁夏回族自治区中考试题

《山中访友》入选2006年湖北省黄冈市中考试题

《月光下的探访》入选2006年浙江省绍兴市中考试题

……